本能寺に萌ゆ　戦国一の姫君に転生した一般モブ子は、推し武将の寵愛を喜べない

八木　羊

富士見L文庫

目次

プロローグ　マイナス447年後の茶会

「不味《まず》いわね。あなたの所の子飼いの坊やならもっとうまく淹《い》れるでしょうに」

紫の地に蝶《ちょう》の染め抜きの艶《あで》やかな着物の女性は、茶碗《ちゃわん》に口をつけるとその細長い蛾眉《がび》を持ち上げて言った。

「ええ。ですが佐吉《さきち》のように出来た子はそう多くありませんから。あの見習いの小僧さんにそこまで求めるのは酷ですよ、濃姫《のうひめ》様」

山吹色の鮮やかな着物を着た女性も茶碗に口をつけると、こちらは鷹揚《おうよう》に笑って返した。

私も彼女ら――濃姫、ねね――にならって茶碗に口をつける。中途半端にぬるい煎茶は、水無月《みなづき》の蒸し暑い山中を歩き回った体の温度と湿度を余計上げる。背中のあたりから湯気が出そうだ。

「お茶請けも桑の実なんてさすがに芸がなさすぎるわ。名前のままじゃない」

濃姫は床に置かれた漆塗りの小皿から黒い実を摘まんで持ち上げた。先ほど、寺の小僧がお茶とともに持って来たものだ。安土《あづち》の山からそう遠くない場所に位置するこの寺の名前は桑実寺《くわのみでら》。その名の通り、寺院の周りには桑の木が植えられている。

「それに女ばかりの茶会に桑の実とは、気が利かないことこの上ないわ」

「え？　どうしてです？　とっても美味《おい》しいですよ？」

キョトンとした顔で濃姫を見つめるのは、浅黄色の涼やかな着物を着た、この場で最年少の少女だ。

「誰か、珠子《たまこ》に教えてやって」

濃姫が溜息《ためいき》をつくと、すかさず、ねねが懐から手巾《しゅきん》を取り出し、珠子の唇を拭った。ねねが紫色に染まった手巾を広げてみせると、珠子は「まあ」と赤面して手で顔を覆った。

「光秀《みつひで》様の娘様はお父君に似て、凛々《りり》しく勇猛果敢とお聞きしていましたが、ずいぶん可愛《かわい》らしい方なのですねぇ」

ねねがそう言えば、珠子は耳まで赤くした。

「あら知らないの？　光秀は沈着に見えて、けっこう抜けてるのよ。先日も天王寺《てんのうじ》で敵軍に包囲されてあわやという所まで追い詰められてしまったし。まったく、信長《のぶなが》様が救出に行かなければどうなっていた事か。あんなどん臭い男のために、手勢僅かで敵に突撃するのだから我が夫もとんだ物好きね」

濃姫の言葉は光秀をこき下ろすように辛辣だが、その口元には満更でもない笑みが浮かんで見えた。斎藤《さいとう》家時代からのよしみである光秀に夫である信長が目をかけていることに、濃姫が格別な思い入れをしていることを私は知っている。つまり毒舌の裏で彼女は「信長に一番愛されているのは私の光秀よ」と高笑いしているのだ。濃姫同様、信長と光秀の関係こそ至高と思う私だが、濃姫の言うことには頷《うなず》くどころか「素人は黙っとけ！」と今すぐその首にチョークスリーパーをかけて黙らせたい衝動すら覚えていた。

私は『光秀×信長』の女。『信長×光秀』派の濃姫とは、同じ主従に対してもまるで解釈が違う。濃姫は光秀を受けにしたいがあまりに、光秀の能力を過小評価したり、貶《おとし》めるようなことすら言う。私も大概雑食だし、リバもいけるが、好きなキャラの嫌われ創作はどうしても受け入れられない。

私が歯茎から血が噴き出さんばかりに奥歯を噛《か》んで、怒りの衝動を鎮めていることなど知る由もなく、ねねがのほほんとした口調で言う。

「何を仰《おっしゃ》いますか。光秀様と言えば、丹波《たんば》に睨《にら》みをきかせつつ、石山《いしやま》の本願寺《ほんがんじ》勢も抑える、まさに八面六臂《はちめんろっぴ》のご活躍。信長様が危険を顧みずにお助けになられるのも道理ですわ」

ねねにとって光秀は夫秀吉《ひでよし》の出世ライバルに他ならないが、彼女は決してその悪口を言わず、むしろ光秀を擁護する立場を取った。それは、おっとりとして、気立ての良《い》いねねらしいと言えば、そうなのだが……

「ただ、信長様が迷いなく死地に飛び込めるのも、信長様のために命を張れる臣下が幾人もおり、それを信長様自身、よくご存じだからなのでしょう。不肖ながら、うちの人も常日頃から『信長様のためなら命なんざ惜しくない』と言って憚《はばか》らないんですよ」

ねねは、うふふと穏やかな笑みを浮かべている。彼女の理論では、信長が光秀を助けるのは当然だが、それも秀吉という優れた家臣がいたから可能だった、ということだ。

この夫を溺愛するゆるふわ系人妻が、彼女が自分の夫秀吉こそ信長様の第一の家臣であって、その信も寵《ちょう》も夫にのみ注がれるべきだと思っていることを私は知っている。つまりその本心は、光秀なにするものぞ、織田《おだ》家の覇権カプは『信長×秀吉』だ、と。ねねなら『秀吉×信長』でもいいのかもしれない。彼女の場合、左右の別なく、ともかく、夫が信長にとっての一番であればいいのだから。

かたや艶やかに、かたやたおやかに、二人の女性はともに微笑を浮かべているが、その裏で透明な火花をバチバチに散らしているのが私の目には見えていた。光秀の娘の珠子だけは、何も気づかない様子で口を漱《すす》ぐようにお茶を飲んでいるが、彼女もその胸に火花のタネをしっかり持っていることを私はもれなく知っている。

信長も光秀も秀吉も今は普請が再開される安土城の視察中だ。当人たちのいない空間で、しかし彼らの関係に一家言のある女たち四人が今、一堂に会し、お茶をすすっていた。

「秀吉様と言えば、此度《こたび》の安土城普請では、縄張《なわばり》奉行を任されたのですよね。父と城の周りを見回ったのですが、縄張りだけでもその広いこと。こんな大役を任されるなんて流石《さすが》です」

珠子は屈託のない笑みをねねに浮かべて言った。

「本当にありがたいことですわ。総奉行は丹羽《にわ》様ですが、丹羽様は織田家の宿老中の宿老。

その方のすぐ下でこれほどの仕事を任されるのですから。それに今回の大役を仰せつかるにあたって、牧谿《もっけい》の瀟湘《しょうしょう》八景図を賜る栄誉にもあずかり、こんな嬉《うれ》しいことはないと夫婦で喜び合っています。いずれこの名品をお披露目する茶会など開けたら……いえ、これは出過ぎた話ですね」

珠子の純粋な賞賛が嬉しかったのだろう、ねねにしてはらしくなく熱っぽい早口だった。

牧谿《もっけい》の瀟湘《しょうしょう》八景図、つまり大陸由来の美術品だが、この頃の戦国武将の間では、茶会でお披露目するための茶器や美術品が領地や金銀などより遥《はる》かに重宝されている。先日、本願寺が信長に講和を申し入れた時も、やはり名品の掛け軸が献上されていたはずで、やはり、それらの美術品は金銀より遥かに価値があるものとして扱われていた。

表面の瘤《こぶ》にちなんで松島《まつしま》と名付けられた茶壷《ちゃつぼ》だとか、脚が浮いて見える千鳥《ちどり》の香炉だとか、一体そんなものに何の価値があるのかと思うのだが、これが当代の最先端の美術なのだから仕方ない。私たちの時代だって、ペンキをぶちまけただけにしか見えない絵や、複製可能なスープ缶のシルクスクリーンに平均的な会社員の生涯年収を軽く超えるような値がつけられている。ねねが誇らしくなるのも当然だろう。濃姫が氷のような眼差《まなざ》しを向けてもねねは気づいていない様子だ。

「茶会かぁ……憧れますね」

茶碗に視線を落としながらしみじみと珠子が言う。彼女が言う茶会とは、ここで開かれている茶を飲みながらダラダラ喋《しゃべ》る女子会のことでは当然ない。信長が家臣や堺《さかい》の有力商人や公家《くげ》を招きひらく接待のことだ。そこで由来ある名品――たとえば戦争の戦利品や降伏の証《あかし》として受け取った品――をお披露目しながら、贅《ぜい》の限りを尽くして相手をもてなす。するとの、もてなされた側もいい気になっていかに自分が厚く接待されたかを吹聴する。おのずと信長の財力や権威、そして勝利の事実は広く知られていくことになる。ニュースなんてない時代に、よく考えられた広報システムだと、私は生前の職業柄もあって、かつ《かって》つい感心してしまう。

「義昭《よしあき》や朝倉《あさくら》に仕えていたことのある光秀なら、茶の湯にも通じているんじゃなくて？」

濃姫が珠子に話を向けた。秀吉に比べて光秀の方が教養人として一枚も二枚も上手だとマウントを取ろうとしているように聞こえるのは、私のうがちすぎだろうか。

「ええ。茶の作法も、茶器や唐物の掛け軸についても、それなりに存じているはずです。ですが、いえ、ですから、もし父が秀吉様みたいに名品なんて頂いた日には大変なことになりそうで……」

「大変？」

濃姫の問いに珠子が答える。

「父は以前、連歌会に出席した際、信長様直筆の歌の書かれた紙を拝領したのですが、それを家に持ち帰り、私や家のものに自慢すること数週間。今でも床の間に掛け軸にして飾っておりますから、茶器や名品を直々に賜ることになったら、数か月は顔を合わせる度に自慢されることになりそうだなと……」

はぁ、と一息ついて、珠子は言葉を続ける。

「信長様のこととなると父はどうにも周りが見えなくなる節がありまして。普段、沈着な父ですから、たまにそんな有様《ありさま》なのを見ると、まあ、それはそれで嬉しくはあるのですが」

はにかみながら珠子は言った。

(勝ったな……)

ほとんど無表情になっている濃姫と珍しく口をつぐんでいるねねとを交互に見て、私は内心勝ち誇る。見たか、光秀から信長へのクソデカ感情を。やっぱり『光秀×信長』こそこの世界の公式カプ！……と。

「ああ、でもこういうのはあまり大っぴらに話す事ではないのでしたっけ。ねえ、お市《いち》様？」

珠子がお市――つまり、私にたずねる。

「信長様たちご本人の前で話すのは無粋ですが、今は私たちしかいませんから。ここは女だけの無礼講ということで」

腐った話を殿方に聞かせるのはマナー違反。まして当人をカップリングの対象にしているならばだ。私がそう言えば、ねねも濃姫も頷く。

時は天正4年、１５７６年。ここに集うのは戦国の世を駆け抜ける傑物たちと縁のある女ばかりで、しかもみな腐女子だった。もちろん、私こと信長の妹、お市も。しかし、その中身は、この通り21世紀の知識と感性を備えた腐女子に他ならない。

何故《なぜ》こんなことになってしまったのか。

私は瞼《まぶた》を閉じ、こめかみのあたりを人差し指と中指を揃《そろ》えてコツコツと叩《たた》く。記憶野の逍遥《しょうよう》が始まる。事の発端は２０２３年、つまり今からマイナス４４７年も遡ることになる。

1章　藤芳壱子、享年28歳

「おい、藤芳《ふじよし》。お前、今から琵琶湖《びわこ》に行って来い」

ディレクターの言葉に私は思わず濁点付きの「え?」で返した。ここは夕方のお茶の間でお馴染《なじ》み『ニュース・セブンティーン』の制作会議室。他のスタッフたちの視線が一斉に私を向く。憐《あわれ》みや同情を示す生ぬるい眼差しが半分、残りは惰性で向けられた無感動な黒目だ。一方で私に話を振ったディレクターの麻田《あさだ》は濁点の微妙なニュアンスを読み取りはしなかった。

「明日から琵琶湖で開催予定だったライジングロックフェス、この台風で中止になりそうだろ? 人のいないフェス会場を取材して来い。で、番組の冒頭は大荒れの琵琶湖から中継すんだ」

喉に込み上げてきた「阿呆《あほ》か」という言葉を飲み込んで、代わりに私は「はあ」と曖昧な返事をする。藤芳壱子《いちこ》、28歳。テレビ制作会社入社6年目ともなると、様々な理不尽はとっくに経験済みで、しかし新卒の頃ほどがむしゃらに何でも受け入れられるほど純真でも無知でもない。私はディレクターを睨みつけたいのを我慢して、その後ろのホワイトボードを眺めながら口を開いた。

「中継ってことは美村《みむら》アナも行くんですよね? 若い女性に嵐のなか危ない場所から中継

させるなんて、今時の視聴者がどう反応するか……また炎上するかもしれませんよ？」

「炎上ってのは、それだけ注目されてるってことだ。むしろ燃えた方が美味《おい》しいまである。

藤芳、お前はチーフADなんだから、もっと大局を見る目を養え」

私より一回り以上年を食い脂ぎった男は、そんなこともわからないのか、と小馬鹿にしたような笑みを口元に浮かべていた。

『アナウンサーが可哀《かわい》そう』『こういうの時代錯誤だよね』『何かあったらどうすんだ』『フェス関係者の気持ち考えろよ』……SNSに躍る文字列は想像に難くない。「ですが」と言いかけた私の反論は、しかし、張りがあってよく通る別の声で遮られた。

「私なら平気ですから。ぜひ行かせてください」

私は声の主の若い女性に目を向けた。8月も終わりの会議室は、私含めTシャツにジーパンかチノパンか、ラフな格好のスタッフが大半だが、その中で白いフワッとした半袖ブラウスにきっちりとセットされた巻き髪の彼女は異彩を放っていた。背筋をピンと伸ばしているが、他のどのスタッフより小柄、というより華奢《きゃしゃ》で、それでいて瞳はこぼれんばかりに大きい。まさに華のある愛らしい顔立ちだ。美村麻衣《まい》。入社2年目のアナウンサー。

私とは4つ違いだが、彼女が4年経《た》っても、今の私みたいに濁ってすれた目をしているとは思えない。彼女はそのしっかりとハイライトの入った瞳を私の方に向けた。

「藤芳さん、お気遣いありがとうございます。でも私なら、大丈夫です。これでも学生時代はテニスをやってて体力には自信があるんです」

そう言ってガッツポーズをしてみせる美村アナ。彼女は頑張り屋キャラでそこそこ人気がある。いつ何時もイメージを崩さないプロ意識は素晴らしいが、今優先してほしいのは個人のイメージ戦略ではなく、番組全体のイメージの問題だ。ただでさえ、夕方のニュースなんて時代遅れの産物として厳しい目を向けられている。そこに若い女性が無茶している画が流れれば、そこだけ切り取られ、普段は番組のことなど見向きもしない人たちまで急に騒ぎ出す。そのぐらいのことは火を見るよりも明らかなのだが。

美村アナの隣に座っているスーツ姿の中年男性、岳元《たけもと》アナは台本で口元を隠しながらあくびをしているのが見えた。自分はどっちに転んでもいいから、波風立てずにいようという態度だ。加点方式なら落第ギリギリの成績だが、社会は往々にして減点方式で、この人も可もなく不可もない中堅アナウンサーというポジションを確立している。

アナウンサーになるような人たちには相応の学歴、そして功名心がある。美村アナにしても、昨今の視聴者のコンプライアンス意識について全く思い至っていないとは考えにくい。考えた上で、ディレクターへのやる気アピールや世間からの注目度など諸々を勘案しているのだろう。番組が炎上したところで、彼女自身は被害者なのだから、むしろ同情票まで貰《もら》えるかもしれない。なるほど、彼女には現場中継に反対する理由は皆無だ。

麻田に彼女の計算高さを見抜く程度のアタマがあればいいのだが、自分を肯定する若い女性の言葉に、この中年親父《おやじ》は満足げに頷《うなず》いた。

「本人もやる気十分。なら何も問題ないだろう。というわけで藤芳と……池並《いけなみ》、あと志波《しば》、お前らすぐ車で琵琶湖に向かえ」

現在、午前11時半。琵琶湖までは高速に乗って最低でも5時間はかかるだろう。もうぐだぐだ文句を言う時間はなかった。

「わかりました。ただ、雨の中、往復10時間移動するんですから、明日はお休みを取らせていただければと。私だけじゃなく、他の二人も含めて」

「ちっ、わかった。まあ3連休取れると思えば安い仕事だろ？　ほらさっさと行け」

＊＊＊

「あれ？　美村アナは？」

社用車のトランクに機材を積んだADの志波が、そう言いながら後部座席に乗り込んだ。

「ばーか。局アナが車で移動するもんか。彼女はグリーン車とタクシーで一足先に現場入りだ」

「えーなんすか、それ。やってらんねえ」

そう唇を尖らせる志波はまだ入社1年目の男子で、言ってしまえばコミュ力高めの陽キャだ。何事もそつなくこなし、飲み会では先輩スタッフに積極的に話しかけたりするので、みんなに可愛《かわい》がられている。身だしなみにも気を遣っていて清潔感があるので、女性スタッフからの受けもいい。

「シートベルトはオッケーだな？　んじゃ出すぞ」

助手席の私がシートベルトを締めるのを確認して運転手の池並先輩が車を出した。カメラマンの池並先輩は35歳。元ラガーマンだけあって、とにかくガタイがいい。業界に多い典型的な体育会系だが、後輩の面倒見がよく、私も新卒から色々とお世話になっている。

「藤芳先輩、言いそびれてたんすけど、さっきはあざっす。おかげで明日からは入社してから初の3連休ですよ」

ミラー越しに後輩の人懐っこい瞳と目が合った。

「ったく。勝手なこと言いやがって。急に3連休なんて言われても、どう潰せって言うんだか」

横から聞こえる抗議は、しかし、からっとして毒気とは無縁だった。だから私も軽口を叩く。

「趣味のバイクでツーリングでもどうです？　ほら、温泉行きたいって言ってたじゃないですか」

「そう言う藤芳先輩は3連休どうするんですか？」

「私？　私はゲームするけど」

訊《き》いた志波自身は「へえ」と相槌《あいづち》を打つだけだったが、隣からは呆《あき》れたような声が上がった。

「おいおい、せっかくの3連休、全部ゲームで潰すのかよ。これだからオタクは」

アニメやゲーム好きのオタクが社会人になって第一の関門は自分の趣味を職場の人に明かすタイミングだろう。人によっては職場では決して明かさずに秘め続ける。私の女子校時代の友人たちも、多くはそうしている。だが幸い、私が携わるクリエイティブの現場はこの手の趣味の人が多い。だから私も漫画やゲーム好きであることはオープンにしている。

とは言え、深く突っ込まれるのも面倒なので、他人に好きな作品を訊かれたら、漫画ならその時期流行《はや》りの少年漫画、ゲームは有名所の大作タイトルを挙げる。同性のスタッフだと、込みいった話を出来そうな人もいるが、一口に女オタクと言ってもジャンルや性癖が一致することは稀《まれ》だ。相手の好きな作品を訊いたうえで、「あまり詳しくない」と返すのは申し訳ないし、知っていても熱量が違うとやはり気まずくなったりする。長いことオタクをやっている者同士だからこその微妙な距離感は、最早《もはや》その道の達人同士の間合いの取り方に近い。結果、同性のオタク同士でも、前述のような当たり障りのない作品の話に終始する。

それでも十分楽しいし、今のところ漫画やゲームは、自分より年下の世代とは、ドラマやスポーツ、音楽よりよっぽど共通言語として通用する。案の定、志波が言う。

「別に今時ゲームぐらい普通っすよ。俺もしょっちゅう友達と一緒にやってますよ」

「でも仮にも20代の女子の休日なんだから、もっとこう他にあるだろ？　旅行とか、デートとか……」

「池並先輩は古いなあ。そういうの、今時はNGっすよ」

「そうだな。報道に関わる人間の言葉にしちゃ不適切か」

窓の外の景色と共に流れていく他愛のないやりとり。志波は私より5つ下で、私以上に、こういった話題には敏感なのかもしれない。若い感性に眩《まばゆ》さを感じると同時に、自分が本来持つべき痛みや怒りがすっかり鈍麻していることに気付く。傷ついたり怒ったりするのにもエネルギーがいる。特にこのところ、私はエネルギーを使い果たしていた。

「つか、台風中継なんてそんな注目されるネタじゃないんだから、地方局に頼んで中継すればいいだけなのに。麻田Dマジあり得ないっすよ」

「なんでも自分の手柄じゃなきゃ気が済まないんだ。40越えてまだディレクター止まり。それが、汐野《しおの》Pがたまたま産休に入ったから、一応プロデューサー代行ってことになったんだ。あわよくばこのままプロデューサーになり替わろうって魂胆だろ」

「あーあ、はやく汐野P戻ってきてくれないかな」

「最低でもあと半年はかかるだろうな。戻ってきても、育児との両立を考えると、今までと同じ働き方は難しいだろうし」

二人が言う汐野Pとは、3か月前まで番組の担当プロデューサーだった女性だ。池並先輩の2つ上で、行動力、コミュニケーション能力ともに高く、性格も明朗快活。誰からも慕われている人だった。この人の下で働いている時は、仕事とは大変ではあっても苦痛ではなかった。それが変わったのは、汐野Pが出産を控え産休に入り、麻田がディレクターとプロデューサー代行を兼任するようになってからだ。

「ぶっちゃけ麻田D、藤芳先輩にアタリきつくないっすか？　何なんすかアレ」

「さあ」と私が溜息《ためいき》をつけば、すかさず池波先輩が口を挟んだ。

「この間の飲み会で、麻田が酔っ払ってメイクの新人ちゃんに絡んでんのを、藤芳、お前、止めに入っただろ。『見苦しいからやめた方がいいですよ』って。あいつ相当、根に持ってるっぽいぞ」

「何すかそれ。タマ小さすぎでしょ」

「まあそれだけじゃないだろうな。藤芳は2代目汐野なんて言われて、今じゃプロデューサー代行よりよっぽど信頼されてる身だ。麻田にしてみりゃ、面白いわけがない」

車は西に向かって走る。会社を出た時青かった空は、少しずつ雲行きが怪しくなっていた。灰色の空、灰色のハイウェイ。代わり映えのしない景色に私はそっと目を閉じる。

麻田はちょうど1年前、前任のディレクターの転職に伴って今のチームに入って来た。

つまりチーム内では私より新参者だ。元々、評判はあまりよくなかったが、当初、私はあまりそれを実感することはなかった。むしろ麻田は私に「さすが汐野さんの秘蔵《ひぞ》っ子《こ》」「藤芳がいれば番組は安泰だ」など、年下に対してはオーバーなぐらいへりくだっていた。

ところが、汐野Pがいなくなってからその態度は急変した。

つい1か月前、麻田は「オレが書く」と、そう言って私を進行台本の仕事から下げた。翌日の会議、スタッフの手元に配られたのは白紙の台本だった。「藤芳、これはどういうことだ?」麻田の発言に私は完全にパニックになった。台本同様、真っ白になる頭。しどろもどろになりながらも私は必死で「あなたが自分で書くと言ったじゃないですか」と声を振り絞った。麻田は「オレはそんなこと言った覚えがない!」と大声を張り上げて会議室を出て行った。

反論する気は起きなかった。直感的に悟ったからだ。「あれは言葉の通じない相手だ」と。自分が絶対に正しくて、自分に反対する者はもれなく全員馬鹿だと決めつける、そんな人間がたまにいる。そういう手合いを論破したり、説得することなど不可能だと私は思っている。

結局、私は麻田から仕事を下げられる前に作りかけていた台本を20分で完成させ、会議を再開させた。周りの人々は私を心配してくれたし、然《しか》るべきところに訴えるべきだという人もいた。けれど、台本仕事を誰が受け持つかは、私と麻田D、当事者同士の会話でのやりとりでしかなかった。まさかレコーダーで言質を取っていたわけでもなく、文書やメールでのやりとりがあったわけでもない。何より、事を大きくする気力がその時の私には一切残されていなかったのだ。

それ以降も、事あるごとに「なんでこんなことも出来ないんだ？」「今までチヤホヤされてきたからって調子に乗ってないか？」などなど様々なお言葉を頂いている。そして二言目には「これは老婆心で、お前のために言っているんだ」と付け加える。聞くところによると、麻田は以前のチームで既に四人ほどスタッフを休職に追い込んでいたらしい。

（栄えある五人目か……）

先人の四人はいずれも賢い選択をしたと思う。言葉の通じない奴とやり合うより、転職エージェントと話し合う方がよっぽど建設的だ。あわよくば給料も待遇も上がるのだから。なまじ今の職場でそこそこ評価されてきたこともあって踏ん切りがつかなかったが、ここらで私も決心するべきかもしれない。

「藤芳、お前いつもの癖がでてるぞ」

運転席から池波先輩の声がして、私は目をあける。

「考え事し出すと、そうやってこめかみトントンするよな」

池波先輩の言うように私はいつの間にか人差し指と中指の2本で右のこめかみを軽く叩《たた》いていた。別にこれで思考が促されるというわけではない。むしろ、考えが行き詰って来た時に、自分を呼び起こすための合図のようなもので、言うなれば、トイレで踏ん張ってる中の人に「そろそろ出て来い」とノックするのに近い。何時の頃から始まったのか自分でもわからない、私の妙なクセだった。

「すみません、わずらわしかったですか？」

「いや。ただ何となく気になっただけだ」

車内は再び静かになった。車はトンネルの中を走っていた。暗がりのなか、窓ガラスにくたびれたアラサー女が映る。その目は閉店間際で割引シールの貼られたサンマの目を彷《ほう》彿《ふつ》とさせる。

やがてトンネルがあけると窓ガラスに水滴がぽつぽつと当たって流れた。それからもトンネルを越えるたびに雨脚は強くなり、滋賀県境を越えるころには一寸先も水煙で見えない程の大雨になっていた。

＊＊＊

「ご覧ください！　台風の影響で琵琶湖も大荒れです!!　湖とは思えないほどの波です!!」

雨合羽にヘルメット姿で美村アナはカメラに向かって言った。波風の荒れ狂う音に負けないよう、ほとんど叫んでいるような調子だ。実際、美村アナが言うように、彼女の背後に広がる琵琶湖は潮の香りがしないのが不思議なほど、湖としては規格外の泡立つ白波を岸にぶつけて、そのしぶきは容赦なく私たちに降り注いだ。とは言え、散々横殴りの大雨を浴びた身では、それがどうしたという気もする。雨合羽の下のTシャツは既にしとどに濡《ぬ》れ肌にぴったりくっついている。

頬を伝う雨は無視して、確認用のモニターの水滴を拭う。肉眼ではほとんど確認できなかったが、カメラ越しの画面では、美村アナの後ろに辛《かろ》うじて山影が見え、ここがやはり陸上の湖なのだと認識できた。方角的に、比叡山《ひえいざん》だろうか。

「台風は今夜から明日朝にかけてこの一帯に強い雨をもたらす予定です。皆さま外出は控えて、細心の注意をしてください」

『琵琶湖は明日からライジングロックフェス開催予定でしたが、そちらはどうなっているのでしょう？』

「……明日のフェスですが、初日は既に中止ということで、主催者側は対応に追われています。関係者の方々も時間をかけて準備していただけに、悔しさをにじませています。２日目以降は何とか再開に向けて動いているとのことですが……」

美村アナがスタジオの岳元アナウンサーとやりとりしている間に、私は池並先輩に指示して琵琶湖の目の前に設営された巨大なライブ会場をカメラに映した。荒れ狂う暗い空の下、鉄骨組の舞台はギシギシと不気味な音を上げていた。

＊＊＊

「機材は積んだな。さっさと撤収するぞ。もたもたしてると台風と一緒に移動することになるからな」

「ちぇっ、今になって雨あがってきましたよ。ひょっとして台風の目に入ったんすかね？」

撤収作業をしている間に、雨は小康状態になった。志波は愚痴るが、番組的にはむしろ間一髪助かったと言える。往復10時間かけて、小雨《こさめ》の琵琶湖を撮ったのではあまりに労力に見合わない。

「あっちが彦根《ひこね》ってことは、あれが佐和山《さわやま》かな……」

空はまだ霞《かすみ》がかっているが、それでもさっきに比べればずっと視界は良くなった。まだ波は高いが、湖に浮かぶ島が目視できる。その向こうには琵琶湖を取り囲む山々の影もうっすらと見える。それらの山々の名前を推察してみる。中には登ったことのある山もあるはずだが、方角だけでどれがどの山と断定するのは難しかった。

「先輩、山詳しいんですか？」

いつの間にか隣に志波がいた。私は遠く大きな影を見つめたまま言う。

「山そのものに興味はないかな。私が好きなのは、その上に乗ってるものだから」

「上に乗ってる？」

志波が言い終わらないうちに、眼前で紫の光が炸裂《さくれつ》した。灰色の空を引き裂くように3本の紫電が同時に落ちた。山頂のあたりから一斉に黒い鳥の群れが飛びたつ。カラスだろうか。

「うぉっ！　すっごい雷！　山に直撃したっぽいっすね」

瞬きしても3条の残光はしばらく瞼《まぶた》の裏に焼き付いた。少し遅れてゴロゴロと雷鳴が響く。心の臓まで震わす轟音《ごうおん》に、落ち着かない気持ちになる。

「池並先輩、今の撮りましたか？　すごかったすよ」

「ばーか。機材は積んだっつってんだろ。それに時間外労働はしない主義だ。さっさと帰るぞ。ほら志波、今度はお前が運転手だろ」

今度は、私が後部座席に乗り込んだ。荷物の中から用意しておいたバスタオルを取り出し、前の席の二人に渡す。私もタオルを頭にかぶりながらシートベルトを締めた。車が走り出す。肩に届かない長さのボブカットの髪は今、シャワーを浴びた後のようにびっしょり濡れていた。

「へ……っくしょい！　ああ〜……」

「なんだそのオッサン臭いくしゃみは」

「別にいいでしょ。それより先輩、あっちって長浜《ながはま》の方ですかね？」

窓の向こう遠く、頂の霞がかった山を眺めながら私は言う。そこは先ほど雷の落ちた場所のはずだった。

「たしかに長浜はこっから北だけど、こう天気が悪いと向こうまでは見えないだろうよ」

「長浜？ そこ有名な場所なんすか？」

「いや。俺は大学がこっちだったからわかるけど、そんなメジャーな場所じゃないぞ。というかここいらは琵琶湖以外何もないからな」

池並先輩の言い様に私は溜息をつく。

「長浜は城下町が有名だし、他にも国宝の天守閣が残っている彦根城とか、琵琶湖の周りには1000以上の城跡がありますよ」

古来、大きな川や湖の周りは大都市が築かれ、歴史の要所となってきた。琵琶湖もそういう場所だ。長浜城、佐和山城、彦根城、横山城《よこやま》、小谷城《おだに》、それに天下の安土城《あづち》……現存するものは多くないが、彼の地に築かれた城なら枚挙にいとまはない。

「そんなモン好きなのは歴史オタクぐらいだろ」

呆《あき》れたような先輩の言葉。否定はできない。窓の向こう、夕闇と雨雲に混然と溶けていく黒々とした山並みを横目で追いかけながら、つい5年ちょっと前のことを思い出す。学生時代の私はそんなモンを見るために、何度もここらを旅行した。もし当時のバイタリティが残っていれば、私はこの遠征に小躍りして、取材後は自主的に現地に滞在して史跡巡りをしたところだろう。

「東京に着くのは早くても11時頃っすかね。まあ、日を跨《また》がないのを目標に安全運転で行きますか」

「ああ。ほんと無駄に疲れちまったよ」

バラバラと大粒の雨が窓ガラスを打つ音が聞こえる。小康状態だった空は、また荒々しさを取り戻してきた。昔の私なら、この嵐の中でも観光しただろう。でも今の私は、下町の狭くもそこそこ居心地のいい家賃7万の1Kのベッドが恋しくてたまらなかった。

＊＊＊

東京の会社に戻って機材を置く頃には24時を過ぎていた。台風に追いつかれ、途中、高速道路に速度規制がかかった結果だった。終電はもうなく、志波は会社から電車で3駅の距離を歩いて帰っていった。私と池並先輩は同じ方向ということでタクシーを相乗りすることにした。

「案の定、お前の予言通りになったな」

暗い車内、スマホに照らされる先輩の顔。私もスマホでSNSを開く。早速トレンドに『美村アナ』の文字を見つける。

『美村アナ頑張りすぎ』『マスカラ強ええワロタ』『まいまい好きになった』――そんな呟《つぶや》きもあるが、『見てていい気がしない』『湖に近づきすぎでは？』『労災案件』『今時、こういうのいらない』『意見のメール出した』――厳しい言葉もそれと同じか、それ以上に目につく。もちろん、疑問を持たない人間は呟きもしないのだから、ネット上の反対意見と賛成意見を単純に数で比較するわけにはいかないが。

「美村アナのひとり勝ちだな。湖ギリギリまで近づいたのは彼女の判断なのに」

「ハハ」

「笑いごとじゃないぞ。あのクソDのことだ。この失態をまたお前に擦《なす》り付《つ》けるかもしれないだろ」

ないとは言い切れない。今回の責任の所在は、会議の場で誰もが知る所のはずだ。しかし現場の声というのは、必ずしも尊重されるわけではない。

「最近麻田のやつ、しょっちゅうスポンサーのお偉方と食事に行ってるらしい」

「まあ、万が一の時は、転職も視野に入れますよ」

家の近くの見慣れた通りまで来て、私は運転手に停《と》まる場所を伝えた。先輩の家は私の家よりさらに北だ。

「……うちの近くだとこの時間でもやってる店があるんだが、このまどうだ？」

「さすがに今日はクタクタです。また今度誘ってください。あ、そうそう、タクシー代の申請はお願いしますね」

私は先輩に挨拶して車を降りた。見慣れた10階建て築18年のマンション。内装はリノベーションされているからあまり古臭さは感じない。唯一、エントランスには建てられた当初からのものだろう、田舎の祖母の家にあったような古めかしい振り子時計がかけられている。時刻は25時20分。

私はいそいそと郵便受けのダイヤルを回した。普段は出前かマンション広告のチラシしか入っていない空間。だが今そこには小指の関節程度の厚みのある茶封筒が入っていた。その場で封を破りたい気持ちを抑えながら、私はエレベーターで6階に上がり、18時間ぶりに自宅へと戻った。ベッドに飛び込みたい誘惑にかられながらも、封筒と鞄《かばん》を部屋に置くと、何もかも嫌にならないうちに浴室に駆け込んだ。

＊＊＊

気がついたら膝を抱える形でベッドの上に横になっていた。充電器のコードを手繰り寄せてスマホを掴《つか》んでみれば、時刻は午前10時。昨晩は結局、シャワーを浴びることに全ての力を使い果たし、ちょっと横になるつもりがそのまま眠ってしまったようだ。ロクに布団もかけず、枕も無視した体勢だったせいか、体の節々が痛む。

起き上がり顔を洗うついでに洗濯乾燥機を覗《のぞ》けば、すっかり温かみを失った衣類一式が底で絡まり合っていた。あの状況でも洗濯機を回していた8時間前の自分の律儀さに感動したのも束《つか》の間《ま》、皺《しわ》くちゃのお気に入りのTシャツを見つけて溜息《ためいき》をつく。これだけはハンガーにかけて浴室乾燥しなくてはならなかったのに。やはり、疲れていたのだろう。パンパンと念入りに伸ばしたが、ついた皺は消えない。とりあえず、他の衣類以上に丁寧に畳んで、衣類ケースに押し込んだ。

「さあて」

面倒なことは全て片付けた。部屋の隅、鞄の上に置かれた茶封筒に手を伸ばす。ミシン目に手をかけて中身を取り出せば、それは私が夢にまで見たゲームソフト『戦国革命3』のパッケージだった。傷をつけないように注意しながら、薄い透明フィルムを破いてケースの中のディスクをテレビ台の下に置かれたゲーム機に差し込む。

電源を入れたテレビのモニターに見慣れた会社のロゴが映ると、続けてド派手なオープニングムービーが始まった。

『戦国革命』はちょうど今年で15周年になる戦国時代を舞台にした歴史もののアクションゲームだ。織田信長《おだのぶなが》はじめ有名な戦国武将たちを操り敵兵をばたばたとなぎ倒していく爽快感と、史実をベースとした重厚な人間ドラマが売りで、そして何より、キャラクターデザインが洗練されている。つまり、戦国武将や姫たちがスマートな美男美女として造形されていて、男性のみならず、女性からも人気が高い作品だった。

眼前のテレビでは、燃え盛る本能寺《ほんのうじ》の堂に立つ一人の青年が映る。この銀髪に赤目という配色で狼《おおかみ》を思わせる剽悍《ひょうかん》な顔立ちの織田信長は、15年前、まだ中学生だった私の心をたしかに刺激した。けれど、彼単体だったら、私の心はそう揺さぶられることなどなかっただろう。織田信長に斬りかかる黒髪長身の青年が現れる。憂いを帯びた眼差《まなざ》しの男。明《あけ》智《ち》光秀《みつひで》。そして二人は鍔迫《つばぜ》り合《あ》いをはじめる。

15年前、彼を見た瞬間、私は確信したのだ。「こっちが攻め。そして信長が受けだ」と。漫画、アニメ、ゲーム大好きなオタクで、特に好きなジャンルは歴史。そして、男女の恋愛より男同士の恋愛にときめきを見出《みいだ》す、いわゆる腐女子。それが私だった。中学生が高校生に、高校生が大学生に、大学生が社会人に、年齢とともに身分や所属は変われど、このオタクとしての属性は30代を目前にしても変わることがなかった。

画面に『戦国革命3』のタイトルが大きく出る。私は慣れた手つきでコントローラー中央のスタートボタンを押した。シリーズも15年経《た》つと初期の頃より、グラフィックもパワーアップしている。キャラクター選択画面に出てくる人物たちの顔は、今やまつ毛の1本1本まで確認できるほどだ。システムも新作のたびにマイナーチェンジを繰り返していて、これまでは織田、武田《たけだ》、徳川《とくがわ》など各勢力のシナリオルートしかなかったのが、今回はどのキャラにもシナリオがつくようになり、ボリュームが格段にアップ。とても土日だけで遊びつくせはしない。

実を言えば、昨日、クソみたいな台風中継を渋々受け入れたのも、今日、有休を取れば、3連休でゲームを遊びつくせると思ったからだ。もはや現実に幸福を求めるのには限界がある。ならばフィクションに求めるしかない。

私は、嬉々《きき》としてプレイヤーキャラに織田信長を選んでゲームを始めた。

＊＊＊

桶狭間《おけはざま》から始まり、稲葉山《いなばやま》城の戦い、姉川《あねがわ》の戦いと続き、10ステージ目、最後はそう、本能寺の変だ。信長視点のシナリオなので、謀反を起こした光秀の真意が那辺《なへん》にあるかは明確には描写されない。燃え盛る堂の中、光秀は信長に神妙な面持ちで刃を向ける。「貴方《あなた》を斬らねば乱世は終わらない」と。信長はうろたえる様子もなく「是非に及ばず」と不敵に笑ってみせるだけだ。

(このどこまでも不遜な感じ……やっぱり受け！)

思わず天を仰ぎたくなるが、ぐっとこらえてゲームとして信長を操作する。難易度は普通なので、ひりつくような戦いではないが、それでも最後の敵だけあって、光秀の体力を削り切るのは時間がかかる。

乱世のカリスマであり、傲岸不遜の覇王・織田信長と、彼を支える理知的で誠実な忠臣・明智光秀、この主従に心奪われて早15年。学生時代、女子校には同じゲームを好きな子が他に二人いて、帰り道は連日カップリング談義に花を咲かせたものだ。

その二人ともちょうど一昨年、去年と立て続けに結婚した。その前から、会うたびにゲームはもちろん、漫画やアニメの話も少しずつしなくなっていた。その代わり、仕事のこと、家族のこと、健康のこと、お金のこと、そんな話題の比重が会うたびに増えていくのだ。

つい先日も私が今期のアニメを5本見ていると言えば、「イッチーは仕事柄、そういうののインプットも必要だもんね」と彼女らは感心した。

＊＊＊

「そうそう来月、『戦国革命』の最新作、出るんだよ」

「へえ、また外伝作品？　ほら、同じ会社の別ゲームとコラボした謎すぎる作品あったでしょ。織田信長がアメリカの特殊工作員と一緒にゾンビ退治とか、けっこうぶっ飛んだやっ」

「いや、今回は久々に正当なナンバリングタイトル」

「おめでとう！　そういえば高校の時のイッチーのパスケース、光秀と信長の家紋のシール貼ってあったよね。今思うと渋すぎる」

「それそれ！　しかも、ちゃんと右に信長、左に光秀って、ちゃんと左右まで気にしてさ。光信《みつのぶ》かあ。あの頃はみんなハマってたっけ。私も歴史のテスト、戦国時代だけはいい成績だったし」

彼女たちは私が今熱中しているこのゲームのことを過去形で語る。かつては同じ熱量で同じカップリングについて語っていたのに。脱オタしたオタクの心理は、謀反した光秀の心理よりもわからない。

いや、頭ではわかっている。オタク趣味は歳《とし》を取って卒業する方が自然なのだと。でも私はこの15年間、ついに自分の中に変化や卒業の兆しを見いだせなかった。子供から大人へ、学生から社会人へ、少女から女性へ。必要な成長はしたはずだし、その過程で適宜、趣味や話題の引き出しはちゃんと増やしていった。でも新しいものが増えたからといって、私は古い引き出しの中身を捨てる必要性を感じなかった。

「ゲームのキャラもいいけどさ、現実でいい感じの人とかいないの？　イッチー、普通に可愛《かわい》いし、別にオタク話じゃなくても普通に話せるんだから、その気になれば全然捕まえられるでしょ」

「うーん、あんま興味ないからなあ」

大学に入ってからというもの、会うたびに定型文となっているやりとり。次に来る話題も大体決まっている。

「まあまあ。イッチーにはイッチーの考えがあるだろうし。それにほら、相変わらずお父さんと口きいてないんだよね？」

「うん。元気だとはお母さんから聞いてるけど」

友人たちは私が自分の色恋に興味を持たない理由を、私と父の微妙な関係に求める。というのも彼女たちは知っているからだ。高校1年の終わりに、私の父の浮気が発覚し、両親が離婚の危機になったことも、結局、離婚は回避されたが、私がそれ以来、父親を毛嫌いし、一切口をきいていないことも。

「私と同世代で、優秀で顔もいいのに独身の男なんて、どうせ事故物件だって」

私は友人たちが納得しそうなことを口にする。実際は、思ってもいないことだけれど。父の浮気を知る前から私は腐女子で、夢女子ではなかった。要は、観測対象としての恋愛は好物だけれども、自分が誰かを好きになったり、逆に好きになられることはまるでピンと来ない。

それこそ大学時代も、奇特な何人かが告白してくれたが、いざ付き合ってみても『嫌いじゃない人』が、『愛せる人』になったためしは一度もなく、結局、面倒くさくなって私の方から別れを切り出すのがお決まりの流れだった。「私の性格の問題だから気にしないで」と言っても相手は気にするらしく、バイト先の先輩はバイトを辞め、選択講義で一緒になった別学部の学生はその講義に出なくなり単位を落とした。私としては、告白は断る方が失礼だと思っていたが、この話を聞いた友人たちは「いったん持ち上げてから突き落とす方が悪質でしょ」と呆《あき》れた。

こうしてみると、大人になる以前から私は友人たちと根本的に違っていたのかもしれない。このたとえが正しいかはわからないが、同じトカゲだと思っていたのに、彼女たちはヤモリで、私だけイモリだったという具合。学生時代は、日の光の下にいるより暗い井戸の底でインドアな話題で盛り上がっていた私たちだが、気が付けば彼女たちは井戸の外で悠々と生きている。私も井戸の外には出られるが、そのうち息苦しくなって、結局、井戸の底に戻ってしまう。「そんなことないよ」「イッチーにも絶対いい人現れるって」と盛り上がる友人たちの間に漂う空気は最早《もはや》、私の生存圏のそれではなかった。

きっと友人たちの目に、3連休も一歩も外に出ずこうしてゲームにかじりついている私の姿はかなり奇妙に映ることだろう。

＊＊＊

「よし！」

　ようやく、光秀の体力を信長の必殺技で削り切った。しかし、ゲーム上勝利を収めても、ムービーでは燃え盛る本能寺に信長は一人残る。

「お前の言う通り、俺は乱世でしか生きられん」

　最後に笑いながら信長が火焔《かえん》の中に消えていく。その様を呆然《ぼうぜん》と見つめる光秀。そこで暗転。エンディングのスタッフロールが流れ始める。今や黒い画面には深く感じ入ったように両手で顔を覆うアラサー女が映っていた。

「最高かよ……」

　攻めと受けの定義は色々あると思うが、私にとっては『より強く相手に執着している方が攻め』――それが私の宇宙での法則だ。その意味で、納得したように死ぬ信長と、取り残されたような顔をする光秀、この両者の終わり方は私にとっては解釈の一致。最高の光秀×信長だった。だから、心の中で唱えずにはいられなかった。「公式、ありがとう」と。

　エンディングが終わりゲームは再びタイトルに戻る。画面には新たに「お市《いち》が使用可能になりました」とメッセージが表示されていた。このゲームは初めから全部のキャラクターが使えるわけではない。半分くらいのキャラクターは、解放条件として特定のキャラクターのシナリオクリアが必要になっている。

さて、今度はどのキャラクターで進めようか。選択画面で私は悩む。織田信長の所には銀色のチェックが入っている。難易度関係なくクリアした証《あかし》だ。最高難易度でクリアしたキャラクターは金色のチェックが入るはずだが、今、トロフィー要素のコンプリートは後回しだ。

信長の隣の光秀にカーソルを合わせる。今すぐ彼でゲームを始めたい欲求にかられる。しかし、ケーキの苺《いちご》を最後にとっておく私は、光秀の隣の羽柴秀吉《はしばひでよし》、のちの豊臣《とよとみ》秀吉にカーソルを合わせた。と、そこでぎゅるるとお腹《なか》が鳴った。

スマホを見ると既に14時すぎ。ぶっ通しで4時間ゲームをしていたことになる。朝ごはんは食べていない。最後の食事は、昨日の夕方にサービスエリアですすった山菜そばだ。

さすがにこのまま何も飲まず食わずというわけにもいかない。キリもいいので、私は一旦食事をとる事にした。萌《も》えは心の栄養だが、体はそうはいかない。ただそこまでお腹が空いているという感じでもなかったので、買い置きのヨーグルトとバナナ1本。あとはインスタントコーヒーを淹《い》れるついでに卵を5つ茹《ゆ》でて、そのうち1つを食べた。白身は程よく固まり、黄身はとろっと半熟のゆで卵。そこにあら塩一つまみ。正直、どんな凝った料理よりも、これに勝るものはないと思う。根拠もある。ニュース番組をやっていると、

『安くて旨《うま》いランチ特集』を最低でも週1で組むが、取材したメニューの半数以上は卵黄をトッピングしていた。

腹ごしらえを終え、歯を磨き、再びコントローラーを握り直す。

＊＊＊

秀吉のシナリオだと最後のステージは小田原《おだわら》城攻略戦だった。やはり全10ステージ。一部、信長のシナリオと被《かぶ》るものもあるが、全体としては信長の死後、光秀と雌雄を決する天王山《てんのうざん》の合戦や賤ヶ岳《しずがたけ》の合戦など、彼がいよいよ天下人としての道を進んでいく所に重きが置かれている。面白いのは、このシナリオだと秀吉は信長に心酔しつつも、光秀の信長に対する不信を煽《あお》り、その結果、本能寺の変が起こったと描かれていることだ。

光秀の謀反の理由はゲームだけでなく、実際、未《いま》だに歴史の大いなる謎として扱われていて、信ぴょう性の高いものから低いものまで様々ある。その1つに、天下を狙う秀吉が光秀をけしかけたとする説もあり、今回の秀吉シナリオはこの説をもとにしているのだろう。

ただ、ゲームの秀吉は小狡《こずる》いサル男などではなく、信長というカリスマに魅せられ、彼のために知恵と行動力を示す、柔軟な思考力を備えた好青年として描かれている。そして信長に認められるため功を立てていくが、それは光秀の立場を奪うことに繋《つな》がり、結果、光秀は謀反を起こす。秀吉は光秀の謀反を必ずしも謀ったわけではないが、毛利《もうり》攻めの最中、信長の訃報を聞いても慌てるわけではなく、「やはりこうなったか」と自分の行動がどのような結果をもたらすか、少なからず読んでいたように描写されている。

（信長に憧れていたからこそ、信長と同じ存在になりたかったってところか……愛が重すぎる）

ゲームの秀吉は、山吹色の髪の陽気そうな青年だ。軽薄そうな見た目で、実は愛の重いキャラというギャップ感。１００点、いや１２０点。光秀×信長の次に秀吉×信長も好きな身としては、既にゲームの評価は星５つつけても問題ない。

いつの間にか、部屋は暗いオレンジ色に染まっていた。電気をつけて、またキャラクター選択画面に戻る。今度は少し趣向を変えるつもりで、武田信玄《しんげん》を選んだ。

＊＊＊

武田信玄、上杉謙信《うえすぎけんしん》と立て続けにクリアしたところで一旦お風呂に入る事にした。信長や秀吉に比べると半分程度のステージ数しかなく、二人合わせても３時間とかからなかった。とは言え、気付けば夜の９時だ。夕飯代わりにお昼の残りのゆで卵を１つ食べてから浴室へ向かった。

＊＊＊

風呂上り、私は再びゲームを起動し、三人分のシナリオをクリアした。就寝したのは、結局、夜中の3時だった。全クリまでは、まだあと十五人いる。とは言え、休みはあと2日もあるのだから、問題なく完走できるだろう。

＊＊＊

目を開けるとき、体が重たく感じられた。スマホを見ると、14時。昨日夜遅くまで起きていたとはいえ、昼過ぎまで寝過ごすことは滅多にない。11時間も爆睡したことになるが、ちっともシャキッとしない。起き上がらなきゃ、と思いながらも手足が布団から出るのを拒む。寒いのだ。嫌な予感を覚えながら、スマホを持っていない左手で自分の額に触れてみると、額も瞼《まぶた》も首筋も、いやな熱を帯びていた。多分、微熱だ。考えてみれば、一昨日は大雨の中びしょ濡《ぬ》れになりながら駆けずり回ったのだ。そりゃ風邪もひくだろう。

しかし30歳に近づくと筋肉痛だけじゃなく、風邪すらワンテンポ遅れてやってくるのか。

薄い掛布団をマントのように肩から掛けて、私はフラフラと台所に向かった。食器棚の一角に常備薬の色々と詰め込まれたクッキー缶があって、私はそこから市販の解熱鎮痛剤を取り出し、2錠、蛇口から直《じか》に手ですくった水で飲みくだした。

「なんか食べとかないと」

あえて口に出したのは、そうしないと面倒くさがってこのまま何も食べずに済ましてしまいそうだったからだ。食欲はわいていないが、こういう時こそ多少なりとも栄養は必要だろう。本当は服薬前に食べるべきだったのだろうが、この際、細かいことは置いておく。私は冷蔵庫から昨日のゆで卵を、そして冷凍庫から秘蔵の1個350円のアイスを取り出した。

＊＊＊

食事を終えベッドに戻ると、だいぶ倦怠感《けんたい》が消えていた。あの嫌な寒気も収まった。解熱剤さまさまだ。高級アイスの力もあるかもしれない。血糖値の上昇は私に活力を与えた。

（むしろ気分がいいぐらい。そうだ、寝過ごした分を取り返さないと）

私は勢いそのままにゲームの電源を入れた。

＊＊＊

キャラクター選択画面。殆《ほとん》どすべてのキャラにクリア済みの証である銀色のチェックが入っている。唯一、まだ何もついていないのが、そう今選んでいる明智光秀だ。

空はとっぷり暮れている。部屋の中で光を放っているのは目の前の液晶画面と手元のスマホだけ。ロック画面には9月3日（日）18時とある。3連休の最終日の夕方。昨日から今日にかけては3時間ほど仮眠を取っただけで、ほとんどぶっ続けでゲームをしている。途中何度かお手洗いに行って、そのタイミングで冷蔵庫から適当に飲み物とゆで卵を取り出し、水分と栄養を補給してはいるが。

依然として食欲がわかないのは、まだぼんやりと熱い体のせいか。でも本当に体調が悪ければゲームなんて出来るわけないのだから、あまり気にすることではないだろう。私は決定ボタンを押す。光秀シナリオのオープニングが始まり、早速、光秀の最初のステージ長良川《ながらがわ》の合戦が始まる。光秀と信長が邂逅《かいこう》する記念すべき戦いだ。

「まさかまだこれほどの男がいるとは。マムシの巣にも龍は棲《す》むらしい。義父殿亡き今、俺に仕える気はないか？」

「この死地を脱出できましたら、その時は考えましょう」

信長の義父にして美濃《みの》の戦国大名・斎藤道三《さいとうどうさん》は実の息子・義龍《よしたつ》と対立し、信長は道三救援のため出陣する。しかし時すでに遅く、道三は討ち取られていた。木曾川《きそがわ》を越えて信長は義龍のもとに攻め入るが、苦戦を強いられる。この時、信長は道三に仕えていた光秀と共闘する、というのがゲーム内での筋書きだった。

光秀の尽力もあり、なんとか尾張《おわり》に撤退する信長。光秀は、信長を「不思議な人だ」と惹《ひ》かれるものを感じながらも、しばらく流浪の身となる。最初のステージクリアだ。次のステージに進む前に、ムービーが始まる。道三という主を失い、朝倉《あさくら》に仕え、次に足利義昭《あしかがよしあき》に仕えていた光秀に信長が会いに行く場面。光秀のもとに信長が乗り込み、戸惑う光秀の前に胡坐《あぐら》をかいて不敵に笑う。

「いい加減、天命を受け入れろ」

「天命とは？」

「この俺とともに天下を獲《と》る。それ以外に何がある？」

雷に打たれたように目を見開く光秀。どくんと、光秀の心臓の高鳴りが私にも感じられた気がした。

（え？）

その感覚を覚えた瞬間、私は息を吸うことが出来なくなった。

「あ……あ……」

搾り出すような声しか出せず、あまりの苦しみに腰を掛けていたベッドにそのまま倒れ込む。心臓を鷲掴《わしづか》みにされたような痛み。何が起こっているか分からず、ただ体を丸めて痛みに耐える。しかし痛みは治まるどころか激しさを増し、息苦しさが脳みそを黒く染めていく。パニックになりながらもスマホを握り、緊急通報ボタンを押そうとする。が、指が思うように動かない。意識だけが肉体を置いてきぼりにして急激に『どこか』に落ちて行くような感覚。既に周りの景色は黒一色だった。

「わかりました、信長様。この光秀、天命に従いましょう」

遠く、光秀の声が聞こえる。真っ暗闇の空間に、亀裂のような光が走る。それは、いつか、あの湖の向こうの山に落ちた紫電のような……

藤芳壱子、享年28歳。死因は慢性的疲労による心臓発作。どうやらそれが私の天命らしかった。

2章　腐女子、戦国に立つ

最初に感じたのは匂いだった。私の知らない匂い。気になって、ゆっくりと目をあける。

（……旅館？）

格縁《ごうぶち》の組まれた天井は、高級旅館や古い格式ある日本家屋で見られるものだ。この時点で匂いの正体が何となくわかった。畳や木材が使われた日本家屋独特の青っぽい匂いだ。しかし建物から発せられているのとは別の、もっと根本的に違うものがこの空気には含まれている気もする。それが何かはまるで見当もつかないのだけれど。

「というか、ここどこ？　夢？」

私はゲームをしている最中、猛烈な胸の痛みに襲われた。スマホは手元にあったが救急車を呼ぶ間もなかった。手遅れで死んだとしたら、ここが死後の世界だろうか。薄れゆく意識の中、『心臓発作』の四文字がよぎったのは、それが母方の祖父の死因だと聞かされていたからかもしれない。祖父は母が成人する前に亡くなっていて、私は写真でしか顔を知らなかった。

あたりを見回してみると、部屋の広さはざっと畳10帖分《じょうぶん》。ひとりでちょっといい温泉旅館に泊まった時と同じぐらいの部屋の広さだ。右手には障子戸、左手には襖《ふすま》がある。天国がこんな和風建築というのは、いまいちピンとこなかった。

もしかしたら運よく一命を取り留めて、入院中なのだろうか。いや、総理大臣が倒れてもこんな旅館みたいな風情たっぷりの病院に担ぎ込まれることはないはずだ。

（実は、そもそも倒れたこと自体が夢で、今もまだ夢の中とか？）

殆ど不眠不休でゲームした結果、寝落ちして、ゲームに引きずられたような夢を見ている。正直、それが今のところ一番しっくり来る。そして夢の中の私はベッドではなく、敷《しき》布団《ぶとん》の上に寝ていた。布団の中、何かが硬いものが私の足に当たる。私はそれを摑《つか》んで引っ張り出した。30センチ足らずのずっしりと重い、艶《あで》やかに黒い棒状のもの。私の知識によれば、それは決してただの棒きれではなかった。

（まさか……）

棒の両端を握り、ゆっくりと引っ張る。きらりと冴《さ》えた光を湛《たた》えた刃が漆塗りの鞘《さや》から覗《のぞ》いた。

（本物!?　いや、そもそもこれ夢だし……）

夢だとわかっていても、刀を手に冷静ではいられない。どうしよう、と愕然《がくぜん》と抜き身を見つめるしかないが、そこで私はさらに驚くべきものを目撃する。

「ウソでしょ……」

よく磨かれた刃には、その刀を持つ人物の姿が映っていた。顔の仔細《しさい》はさすがに見えないが、腰まである長い黒髪の女性のシルエットには見覚えがあった。肩にも届かないボブカットのアラサー会社員では決してない。

「お市《いち》様？　もしかしてお目覚めになられましたか？」

障子戸の向こうに人影が見える。私は慌てて短刀を鞘にしまい、布団の中に放り込んだ。今気づいたが、私は白い小袖の着物を着ている。

「お邪魔しますね」

障子戸が開く。杏色《あんずいろ》の着物の女性が恭しく頭を下げてきた。顔を上げた彼女と目が合う。私と同じか、もう少し若いぐらいだろうか。今期の朝ドラでヒロインの妹役に抜擢《ばってき》された新人女優に似ている気がする。彼女は私を見るなり感極まったような顔をした。

「ああ、お市様！　よかった、お目覚めになられて！」

やはり聞き間違いではなかった。この女性は私を「お市」と呼ぶ。先ほど抜き身の短刀に映った顔も、ゲームで見慣れたあの織田信長《おだのぶなが》の妹・お市の方のものだった。

(じゃあ、今の私はお市ってこと？)

とんでもない夢である。戦国好きとしては願ってもない夢であるのは間違いない。ただ喜び以上に「自分、おこがましすぎないか」という思いが勝る。お市といえば戦国時代でも当代一の美女の呼び声高く、しかも信長の妹という美味《おい》しすぎる立ち位置だ。腐女子のアラサー会社員の身には余る。私なんて、名もない城の侍女か、いや、せいぜい雑兵がいい所だろう。

「あの、お市様……まだお加減が悪いのですか？」

侍女であろうその女性は「失礼して」と部屋の中に入り、私の傍《そば》まで近づくと顔を覗き込んできた。そのまなざしからは痛ましいものを見るような憐《あわれ》みが感じられた。

「無理もありません。小谷《おだに》の城から落ち延びて、まだ2日。昨日、長政《ながまさ》様が、その……自害なされたとお聞きになった時のお市様の取り乱しようといったら……」

夢にしても、よりにもよってとんでもないタイミングではないだろうか。お市といえば、兄・織田信長と夫・浅井《あざい》長政との間で心引き裂かれた悲劇の女性として有名だ。長政とお市の夫婦仲は良かったが、信長が越前《えちぜん》の朝倉《あさくら》と対立したのを機に、浅井は朝倉方につき織田と対立。金ヶ崎《かねがさき》、姉川《あねがわ》と戦火を交えて対立は数年にわたり、とうとう1573年9月、小谷城に攻め込まれた浅井長政は信長の降伏勧告には従わず自害。お市はこの直前に、子供たちともども信長のもとに帰されていた。

つまり、今の私はつい昨日、最愛の夫とそれまでの家を失った不幸の真っ只中の女だ。

「お市様が突然、お倒れになった時はもうどうしようかと。それから半日以上も目を覚まされなくて……いざという時は『つな』めもお供いたす覚悟でした」

「……つな？」

ゲームや小説のお陰で、多少この時代の知識はあるつもりだが、聞き慣れない言葉に思わず反応する。侍女が、目を丸くする。

「まさか、お市様は乳母子《めのとご》の『つな』のことをお忘れになってしまったのですか？　ああ、子供の頃からずっとお仕えしてきたのに……」

つなというのは目の前の彼女の名前で、乳母子ということは、生まれた時から一緒の従者ということだろう。それを知らないという態度を取ったのは迂闊《うかつ》だった。変に思うのも当然だ。しかし、つなは私の予想とは別の反応を示した。

「やはり、それほど長政様のことがお辛《つら》かったのですね……ああ、なのに何もして差し上げられないとは、つなは無力です」

顔を覆うつな。たしかに生まれてこのかたずっと一緒だった家族同然の相手に名前を忘れられたとあっては、ショックも受けるだろう。

「ごめんなさい……なんだか頭が霞《かすみ》がかったようにぼーっとして……つなのことはわかるわ。けど、この数日のことがよく思い出せなくて……ここはどこだったかしら？」

あえて言葉をゆっくり区切り、記憶の混濁を装った。いっそ「ここはどこ？　私は誰？」と完全な記憶喪失のテイで通すことも考えたが、時代が時代だけに、病人扱いされた挙句、座敷牢暮らしなんてこともあるかもしれない。夢の中とはいえ幽閉生活はぞっとしなかった。

「ここは実宰院《じっさいいん》の庵《いおり》でございます。寺の主は浅井ゆかりの者ですが寺院であれば中立地帯。ここにお市様を避難させたのは長政様の配慮でございましょう」

開け放たれた障子戸の向こうには、白い萩《はぎ》の揺れる庭が広がって見える。なるほど、ここは浅井の本拠地・小谷城から遠くない寺の庵らしい。

「信長様は虎御前山《とらごぜやま》の陣でお市様をお待ちです。既に迎えの者もいらしておいでですが……お市様はまだ顔色が優れませんし、今しばらくこの庵でお休みになったほうがよろしいかと」

(信長と会える!?)

それを聞いて、眠っていられる私ではなかった。

「いえ、私は大丈夫です。のぶなが……いえ、お兄様を待たせるわけにはいきません。早速、参りましょう」

とっさに呼び方を変えたのは、ゲームにおけるお市の真似だ。夢の中だからあまり気にしなくてもいいのだろうけれど、せっかくの夢だからこそ、ちゃんとロールプレイをしよう。そんな風にも思うのだ。粗相があったせいで、せっかくの夢が途中でゲームオーバーなんていうのは、勿体《もったい》ない。

「ではお召し物の準備をいたしますので、少々お待ちください」

つなはそう言って、退室した。ひとりになった部屋の中で私は布団から漆塗りの短刀を引き寄せた。何気なく掌《てのひら》を返して短刀の裏を見ると金蒔絵《きんまきえ》で家紋の意匠が施されている。六角形が3つ、そのそれぞれの中央に花が咲いている。浅井家の家紋、三つ盛亀甲花菱《はなびし》だ。

お市の方が持たされていた護身刀だったのだろうか。

(この刀は持っていこう)

先ほどはあんなに怖かったこの刀に、何故《なぜ》か今は少し愛着がわいていた。家紋のついた由緒あるものなら、つなという侍女も不審がりはしないだろう。私はひとり頷《うなず》いていた。

＊＊＊

菊花と流水をあしらった立派な着物を着せられて、私は輿《こし》に乗る。その後ろにはさらに2台の輿が続く。それぞれ、お市の長女・茶々《ちゃちゃ》がつなとともに、次女・初《はつ》と三女・江《ごう》が別の侍女とともに乗っていた。

たしかこの時点でお市は私より2つ下の26歳。しかし既に4歳の茶々をはじめ三姉妹の母である。結婚もしていない私とはまるで別の人生。だから、自分の子供だという幼子たちを見てもまるで実感がわかないというのが正直な感想だった。

「お市様、輿はここまででございます。ここからは僭越《せんえつ》ながら私、藤掛永勝《ふじかけながかつ》が案内いたしまする」

輿から降りると信長の部下らしき武将が出迎えた。藤掛という武将は私の拙い歴史知識にはない。だから彼が実在の人物なのか、はたまた私が妄想でこさえたのか、それすらわからない。なんせ彼の顔は、ゲーム内でよく見かけるいくつかある武将の顔パターンと一致していたのだから。つまりモブ武将だ。私はモブ武将に導かれて信長のいる本陣へ参上した。

そこにはたしかに私のよく知る、ゲームの織田信長とその家臣たちがいた。織田の木瓜《もっこう》紋の描かれた陣幕を背に中央に座る信長。その両脇に豊臣秀吉《とよとみひでよし》、柴田勝家《しばたかついえ》、前田利家《まえだとしいえ》……パッと見ただけでも錚々《そうそう》たる武将たちが並んでいる。

私はとうとう次元の壁を越えることが出来たらしい。もちろん夢の中ではあるが。興奮のあまり手が、指先が震える。

「5年ぶりか……お前は変わらぬな」

「え、ええ……」

声を振り絞る。動転しながらも、この会話がおかしいことに気付く。この時点で信長はたしか39歳。しかし目の前の信長はじめ他の武将たちの見た目はゲーム内のデザインそのまま、20代なかば。そしてそれは私も同じ。ゲームのキャラに容姿の変化などありはしないのだ。

「それがお前の娘たちか。似ているな」

信長は私の後ろを視線で示した。そこにはつなに手を引かれた茶々と、侍女におぶられた幼子と赤子……初と江がそれぞれいた。

「ここまで疲れただろう。子供たちともどもしばらく休むといい。何か不自由があれば遠慮なく申せ」

「ありがとうございます」

言い切らないうちに、ひとりの青年が駆け込んで来て、ごく自然な所作で信長にこうべを垂れ、その耳に何かひそひそと囁《ささや》いた。信長は眉ひとつ動かさない。青年は私の方を向いた。青みがかった長い黒髪を1つに束ね、同じ色の細長い眉と切れ長の瞳からは誠実さと神経質さが漂う。明智光秀《あけちみつひで》だ。私の推しが、私にも恭しくこうべを垂れる。信長だけでもすでに表面張力ぎりぎりを保っていた私の心は、ここに来て溢《あふ》れそうになっていた。許されるなら叫んでいた。そうしなかったのは理性というより、再び上げた光秀の顔に隠しきれない苦いものが漂っていたからだ。

「お市」

信長が私を呼ぶ。

「は、はい！」

「万福丸《まんぷくまる》を捕らえ、そして、たった今殺した」

(万福丸……たしか、長政の息子だったっけ)

お市の子供と言えば、数奇な運命をたどった三人の姉妹が有名だが、長政には他に男児がいた。その一人が万福丸だ。諸説では母親はお市とも、他の女性ともあり、定かではない。

　それはともかく、高校の歴史の授業で学んだことがある。鎌倉時代に定められた武士の法、御成敗式目には親権にまつわる記述があり、それ以来、慣習的に女児は女親のもの、男児は男親のものだとされている。つまり、茶々たち三姉妹は織田のものとして助命されたが、万福丸は浅井家の男児として処刑されたということだ。

「左様ですか」

　としか言いようがない。子供が殺されたと聞いていい気分にはなれないが、夢の中の見た事もない子供である。それ以上の感想は出てこなかった。しかし、私の言葉に周囲が息を呑《の》むのがわかった。

「あの肝の座りようは、さすがは御屋形様の妹君」

「……気丈に振る舞われているのだろう」

　囁きが聞こえてきたほうに視線だけ向ければ、日焼けし引き締まった顔の青年・前田利家と無骨ながら沈着な印象を与える年長の柴田勝家だった。仮にも息子なのだから、もっと動揺すべきだったか。見た目がお市であっても、私の中身はどこまでも藤芳壱子《ふじよしいちこ》だった。

　しかし信長は何か納得したように深くうなずき、そして言った。

「久政《ひさまさ》、長政親子は自決し既に戦いは終わった。俺はまもなく岐阜城に戻る。お前はどうする？　岐阜はお前にとって馴染《なじ》みない場所だ。それに比べれば信次《のぶつぐ》叔父のいる守山《もりやま》の城の方が清州《きよす》も近く、心安かろう。今後どちらに住まうか。どちらにせよ俺が責任を持って送り届けさせる」

この時期、信長は美濃《みの》の岐阜城を居城にしている。一方、信長が勧めた守山城は嫁ぐ前のお市が過ごした清州城に近い。どちらに住むか。選択肢を与えたのは信長なりの妹への優しさだろう。

「また明日の正午、お前の返事を聞こう。それまではあの庵で休め。何かあれば光秀に言いつけるがいい」

光秀は委細承知と言うようにうなずいてみせた。信長は史実の印象そのままに、ゲームでも苛烈な人であるが、妹お市に対しての優しさは本物として描かれている。お市である私を任せるというのは、信長の光秀に対する信頼の証明だろう。ニヤけたくなるのをこらえて、私はしおらしくお辞儀をし、光秀に付き従い、行きと同じ輿に乗った。庵に戻る道中、輿に揺られながら私は考えた。岐阜城と守山城、はたしてどちらに行くべきか、と。

＊＊＊

庵に戻り、寝る支度を済ませ部屋に戻る。

「それではおやすみなさい」

つなはそう言って障子戸を閉めた。障子越しにつなの手元の灯火の淡い光が遠ざかるのが見えた。あたりはほとんど真っ暗だ。電気もスマホもないこの時代の夜は恐ろしく早く、そして静かだった。闇の純度が違うとでも言えばいいのか、星や月の光でもこの闇はぼやけたりしない濃さがあった。その闇の向こうで、今頃、光秀は庵の警護のため目を光らせているのだろうか。

この夜が明ければ守山か岐阜か、信長に返事をしなくてはならない。ゲームだとここでお市は守山城に行く。それは史実通りだが、お市が実際に守山城に滞在するのはせいぜい1年足らずで、結局、信長のいる岐阜城に行く。ただこの1年のインターバルがお市と信長の距離を遠くしたのか、お市はしばらく再婚することもなく政治やしがらみとも無縁の生活を送る。また彼女が政治的に存在感を放つには、本能寺で信長の死後、信長の後継者を決める清州会議まで待つことになる。

(姫としての生活か……)

戦国時代の姫は、生家と嫁ぎ先を繋《つな》ぐ外交官のような役割を担っていたという。嫁いだとしても、彼女たちはあくまで、生家からの使者であり、両家の同盟の証《あかし》だ。人質とは違う。もし両家の同盟関係が破綻し戦争状態になった場合、彼女らは実家に戻る。これを夫側が妨害したり、姫の命を盾にするような事は原則許されない。倫理や道徳の問題ではなく、約束を平気で違える家とその後、手を結ぶ者はいないという、外交上の基本原則によって彼女たちの命は保証されていた。そして、武士が合戦を終えたら、またいずれ次の合戦場に行くように、夫と別れた姫も次の外交先――つまり再び別の家に嫁ぐ。絶対ではないが、夫と別れた姫がその後再婚することは、この時代、しょっちゅうだった。

現代の私の感覚では「傷心のご婦人になんてことを」と思わずにはいられないが、それこそが戦国時代の姫という職種の業務内容らしかった。結婚が、商社マンにとっての海外赴任ぐらいビジネスライクな行為となる時代。考えてみると案外、そっちの方が私でも結婚に前向きになれるかも、という気がしなくもない。仕事であれば、目的意識と使命感を持つ事ができるのだから。この時代の姫たちも、そんな前向きな気持ちで嫁いでいたかもしれない。

なのに、「戦国時代の姫というと、まず『政略結婚で自由が利かない、悲劇のヒロイン』というイメージが付きまとうのは、妻が夫に従うという江戸時代以降の、そして現代にも続く儒教的な考えから生まれた幻想なの」とは女子校時代の歴史教師の談だ。

「北条政子《ほうじょうまさこ》は結婚しても、北条の政子であって、源《みなもと》の政子ではなかった。武家では、戦国時代まで結婚しても夫と妻の財産はそれぞれ別のものとして、権利が認められていたのよ」

50歳、息子二人が成人したのを見届けるなり、夫に三行半《みくだりはん》を突きつけたというその女性教諭は笑いながら言った。

「結婚しても、女性はあくまで実家の所属。夫の家に全て従うなんてことはなかったの。今よりよっぽど先進的な考え方ね。まあ実家の都合で結婚相手が決まるんだから、決して自由じゃないけれど」

そういう事情もあって、お市もあっさりと織田家に帰されたというわけだ。その後、彼女が兄のいる岐阜城ではなく守山城に行ったのは、まだ長政のことを引きずっていたからだろうか。実家の都合で結婚したお市と長政だが、二人は仲睦《むつ》まじかったという。であればこそ、夫の仇《かたき》である兄と顔を合わせるのは気まずいだろうし、ひょっとしたら、再婚を勧められるのを避けたかったのかもしれない。

そこまで考えて、トントンとこめかみを叩《たた》く自分の指に気付く。お市の姿になっても、どこまでも私は私らしい。お市が守山城に行った理由は色々考えられたが、結局、どれも藤芳壱子とは無縁の理由だ。

（岐阜城に行けば、間近で推しの……いや、推したちの日常が拝める！）

はなから岐阜城一択だった。史実？　何それ美味《おい》しいの？

「って、どうせ夢なんだけどね」

私は布団に寝っ転がる。長い長い夢だった。朝が来れば、私はいつものベッドの上で起きるのか。それとも、これは死を前にして神様がくれた束《つか》の間《ま》のボーナスタイムか。後者なら笑えない話だが、それはそれで天国がどんな場所か興味もある。

「……案ずるより産むが易《やす》しでしょうが」

自分に言い聞かせるように吐き出して、私は瞼《まぶた》を閉じた。純度の高い戦国の夜闇は、私の忙《せわ》しない脳みそにも柔らかに帳《とばり》を下ろした。

＊＊＊

「おはようございます、お市さま」

目をあけて、視界に飛び込んできた光景に私は絶句した。昨日と同じ和室。私のそばでにっこりと微笑むつな。何もかもが昨日と地続きの今日だ。

「よく眠れたようでございますね。あんまり気持ちよく寝ていらしたから、起こすのがためらわれたほどですよ」

障子戸の向こうは透き通るような青紫色に満ちていた。まだ夜と朝とのあわい。この時代は、夜が早い分、朝を早くして活動時間を確保していたのだろう。

いや、そんな分析、今はどうでもいい。

(夢が覚めない⁉)

ゲームで遊んでいる最中に気を失って、ゲームの戦国時代の夢を見ている。私はそう認識していた。夢と自覚しても覚めない夢というのもあるだろう、と。けれど、永遠に覚めない夢なんてありえない。

（夢じゃない？　じゃあ、まさかここは現実？）

呆然《ぼうぜん》とする私に、つなが笑う。

「まだ寝ぼけておいでのようですね。こちらの水で顔をお清めください。その間に私はお召し物とお食事の用意をいたします」

つなは木桶《きおけ》と手巾《しゅきん》を私の方に押し出すと、部屋を出て行った。

木桶の中には水がなみなみと注がれている。水面に私の顔がゆらゆらと浮かぶ。藤芳壱子ではなく、ゲームのお市だ。二十歳そこそこの見た目にデザインされ、柔らかさと活発さが同居した、ゲーム中でも最も正統派な姫キャラのひとり。これを現実と言っていいのだろうか。

（ゲームの世界に転生したとか……？）

死んだ人間が別の世界に生まれ変わる、そんな筋書きの漫画やアニメが頭に思い浮かぶ。まさか。思い浮かんだそばから、理性はそれを否定しようとした。しかし、否定できるとしたら、やはりこれは夢であり覚めるべきものだった。

私は着物の懐に手を入れた。そこから取り出したのは、昨日、この布団で見つけた黒鞘《くろざや》の短刀。私がこの刀を懐に入れていても、着替えを手伝ったつなは何も言わなかった。やはり護身用として持っていて当然なのだろう。

私は鞘を引き抜くと、きらりと現れた真剣の切っ先に左手の親指を押し当てた。指の腹の皮は容易《たやす》く裂けた。私はすぐに刃を指から遠ざけ、そして鞘にしまった。左手を見ると、親指にはたしかに小さな刺し傷が。傷口にはほんの少し血が盛り上がっていた。思わずその指を唇に当てて傷口を舐《な》める。鉄の味が口に広がるのと同時に、指先がひりひりと痛むのを感じた。

この痛みが今この状況を夢ではないと証明するに足るかは、わからない。味や匂いのある夢のように痛みのある夢だってあるかもしれないのだから。けれど、少なくとも頬をつねったり、自分を傷つけたり、そんな事で覚める類いの夢ではなさそうだ。

(覚めない夢……もしかして現実の私は、目覚められない状態にあるんじゃ?)

私の頭に浮かんだのは、心臓発作で倒れて気を失い、一命は取り留めたものの昏睡《こんすい》状態になっている自分の姿。その私が、今こうしてゲームの戦国時代を夢見続けているのではないのかということだった。

もしそうなら、いつこの夢が終わるかは現実の私の肉体次第だ。運よく意識を取り戻せば、この夢も終わる。でももし意識不明のままなら、ここでずっと夢を見続けることになるのか。

(いや、夢を見続けている限りは、一応、現実の私は生きてるってことだよね……)

この夢が、かろうじて生きている私の脳機能の証だとして、ふと、こんな疑問が浮かんだ。もし、今夢の中で自殺するとか、自分は藤芳壱子だと言い張ってみるとか、力ずくでも夢を見ること《お市であること》をやめたらどうなるのだろう、と。

　この夢が現実の藤芳壱子が行う、唯一の精神活動――つまり生命線で、それが途切れた時、私は心身ともに永遠の眠りにつくんじゃないか……いやな想像が急速に展開されていく。それは広がるとともに、気を失う直前の、体を置いて意識だけが深淵《しんえん》に落ち込んでいくようなあの不愉快な感覚を伴って……私は自分のこめかみを強く指で叩いた。そしてあえて口にしてこう言った。

「……これってラッキーじゃない？」

　転職サイトの見過ぎでＷｅｂ広告がそれ系に汚染されたスマホ画面を思い出す。ストレスフルな職場から、推しのいる理想の新天地へ。しがないアラサー会社員から、天下人の妹へ。考えてみれば、これ以上ない理想の転職ではないだろうか。

　この際、ここがゲームの世界を夢見ている私の脳内世界なのか、それとも別の何かなのかは、一旦置いておこう。考えて答えが出ることではないし、どちらにせよやることはひとつのはずだ。つまり、お市になり切ってこの世界を生きる、それだけ。

　私は木桶の水に映るお市の顔をまじまじと見つめ、やがてその水を手で掬《すく》うと自分の顔にばしゃりとかけた。

　間もなくつなが着替えを持って戻って来た。

「お市様、お加減はどうですか？」

「ええ、とってもいいわ。もうすっかり目が覚めたもの」

左手をひらひらとさせてそう言えば、つなはハッとしたようにその手を摑《つか》んだ。

「お市様、指をお怪我《けが》なされております。ただいま綺麗《きれい》な布を持ってきますので少々お待ちを」

たしかに親指の腹には、さっき短刀でつけた傷がしっかりと残っている。意外と深かったらしく、痛みこそないが、まだ血がにじんでいる。

「別に大丈夫よ。痛くないし、これぐらい舐めとけば自然に治るから」

「そんなこと言って膿《う》んだらどうなされるんですか。それにはしたないでしょうに」

つなは呆《あき》れたようにそう言って立ち上がった。

(はしたない、ね。そっか、私『姫』なのか……)

私に姫らしい振る舞いなどできるのだろうか。前途多難だが、やってみるしかない。大人しくつながもって来てくれた細いさらし布を指に巻きつけ、私は出立の支度をはじめた。

＊＊＊

光秀に守られながら、私たちは再び輿《こし》に乗って虎御前山の信長の元に参上した。

「お市よ。して、お前はどちらに行く？」

「私はお兄様とともに岐阜城へ参りたく存じます」

周囲の武将たちが「おお」と嘆息するのが聞こえた。

岐阜城に行けば、私は彼らを間近に見続けることが出来る。推しと推しの日常を覗《のぞ》ける、まさに夢のような生活が待っているのだ。

（ひょっとしたら、推しと推しをくっつけられたりして……）

漫画でもゲームでも、鉄板の展開として、親友同士がすれ違いの果てに対立するというものがある。そんな場面を見る度、こう思ったことはないだろうか？　いっそ自分がその作品の登場人物に、例えばお節介なおばちゃんにでもなって、「それは誤解だから！　ちゃんと今すぐ話し合うんだよ！」と、二人が決定的にすれ違う前に、その仲を取り持つことができれば、と。

いわゆる喧嘩《けんか》ップルや殺し愛カプにハマる度、そう願ってきた。そのバッドエンドこそが魅力なのはわかっているが、それはそれとして、幸せな結末だって見たいのが、複雑な腐女子《おとめ》心だ。そしてそれは光秀×信長でも例外ではない。すれ違いか愛憎の果てか、経緯の解釈はともかく、このカップリングの最大の魅力にして欠点は、光秀が謀反を起こし、信長を殺すこと。つまり本能寺《ほんのうじ》の変が起きることだ。

しかしお市の立場であれば、万に一つ、信長と光秀のすれ違いを解消させて、光秀の謀反を止めることも可能なんじゃないだろうか。

私は真正面から信長を見つめた。夢であれ、ここでお市として生きるなら、せいぜい目いっぱい楽しんでやる。開き直りもいい所だが、そんな風に考えられる自分は嫌いじゃなかった。

「是非に及ばず。ならばともに戻るぞ。皆、支度せよ」

「は！」

光秀はじめ家臣たちが一斉に応え、そして立ち上がった。皆、岐阜城への帰還に向けて準備を始める。その様を見るといよいよという気持ちが湧き上がってくる。私は深く息を吸って吐いた。

（ああ、やっぱりこの匂いだ……）

庵《いおり》で目覚めた時にも最初に感じたこの匂いは、この世界の匂いとしか言いようがなかった。しいて言うなら枯草と、かすかに鉄っぽさも混じる、ほの苦いような香り。現実の私には記憶のない匂いだ。これが私の脳みそが想像する戦国時代の匂いだというのだろうか。

「お市様、御輿《おこし》の準備がととのいました」

光秀が私を呼びに来た。私は彼に導かれ輿に乗る。向かうは岐阜城。すべては推しカプの結末を見届けるため。既に賽《さい》は投げられたのだ。

3章　男のいくさ、女のいくさ

初めて岐阜に到着した日、麓で輿の中から見上げた城は、城よりも圧倒的に山という印象だった。青々とした樹々に茜色《あかねいろ》が混ざり始めた山肌を、輿から乗り出し首が痛くなるほど見上げて、ようやくその頂に青天をつく白壁と黒い甍《いらか》とを認めた。

（ゲーム以上にちゃんと山だな……）

岐阜城は元々、美濃《みの》の斎藤《さいとう》家の稲葉《いなば》山《やま》城を信長《のぶなが》が奪取し、その縄張りを新たに造営したものだ。お市《いち》の新天地としての岐阜城は、外観こそたしかにゲームとかなり近かったが、ゲーム内の城がマップ上を少し走ればあっという間に山頂の城に着くのに対し、こちらは急峻《きゅうしゅん》な山肌に築かれた曲がりくねった登城路をしっかりと半刻《はんとき》以上はのぼる必要があった。思えばかつて私は聖地巡礼として、この岐阜城跡にも訪れたことがあり、似たような山道をのぼっていた。その記憶が、この山城の在り方にも影響を与えているのだろうか。

城にしても山頂に城郭がひとつ建っているだけではなく、山頂の城郭と山麓の城館、それらを結ぶ登城路、外敵を防ぐいくつもの砦《とりで》で構成されている。まさにこの稲葉山自体が天然の巨大要害といった様相で、これはいかにも難攻不落の印象を見る者に与えた。

事実、信長の生前に岐阜城が落とされることはなかった。が、信長の死後は主を様々に変え、けっこうな回数攻め落とされている。どんな堅牢《けんろう》な城でも、やはり所有者の能力と運用次第なのだろう。

とはいえ、それは信長の死後という未来（と私が言っていいのかは疑問が残るが）の話。目の前の現在の話をしよう。既に岐阜に来て2週間の時が経《た》っていた。初めは圧倒される景色でも、1週間も過ぎれば見慣れるもので、城の構造もあらかた頭に入り、新天地での生活にも馴染《なじ》んでしまった。

戦国時代、城主やその家族は平時であれば山麓の城館に住むのが一般的だが、信長は山頂の城を居城とした。お市こと私もそれにならっている。そしてその山頂の城には、週に何度となく信長の家臣たちが訪れ、彼らは評定を開いていた。評定というのは会社でいう所の定例会議で、今もまさに開かれている最中だ。

信長が座敷《ざしき》の1段高い場所に座し、家臣たちがその前に並ぶ。信長の後ろにいるのは一人だけ。この中で誰よりも若い少年、いや美少年。かの有名な小姓、森蘭丸《もりらんまる》だった。こぼれんばかりの黒い瞳に、淡紅色の唇、艶《あで》やかなおかっぱ髪。中性的な可憐《かれん》さがあり、現代なら、ジェンダーレス男子とでも言うのだろうか。彼だけは文机《ふづくえ》の前に座り、筆を取っていた。この場の書記係なのだろう。

「先の戦いで浅井《あざい》・朝倉《あさくら》は降《くだ》した。この調子で畿内の三好《みよし》も、裏で糸引いてる小賢《こざか》しい将軍もぶっ倒してやればいい！　天下布武は目前だ」

そう威勢よく言ったのは、この座で蘭丸の次に若いだろう青年・前田利家《まえだとしいえ》だった。よく日焼けした引き締まった大柄な体に、赤銅色のくせっ毛が眩《まぶ》しく、性格は竹を割ったように明朗快活。史実はともかく、ゲームでは頭で考えるより、持って生まれたセンスで戦をする、さながら少年漫画の主人公のようなキャラクターだ。

「……だから、その三好に誰を向かわせるのかという話だ。それに問題の将軍だが、今となってはあれを倒して全てが収まるという事でもあるまい」

利家の隣で首を横に振っている目つきの険しい男は柴田勝家《しばたかついえ》。史実では信長より一回り以上年長の織田《おだ》家の重鎮だが、やはりゲームのキャラクターグラフィックではせいぜい20代後半の青年。肩幅広く、背筋はピンとして、利家に負けず劣らず逞《たくま》しい。ひとつひとつ、噛《か》みしめるような話しぶりも相まって、利家が『動』なら勝家は『静』の印象を与える。

一見すると相反する属性の二人だが、利家は勝家の話を大人しく聞いている。前田利家は元々信長の小姓、そして親衛隊である赤母衣衆《あかほろ》の筆頭として活躍した。その時、利家は持ち前の喧嘩っ早《ぱや》さから諍《いさか》いを起こし、出奔。懲罰の対象にまでなるのだが、勝家と蘭丸の父、森可成《よしなり》らの執り成しで減罰されている。つまり勝家は利家にとって尊敬すべき武人であり、また命の恩人。ゲーム中でも二人の間の友情や信頼関係はよく描かれている。ただし、賤ヶ岳《しずがたけ》での両者の顚末《てんまつ》を思うとそれも全て壮大なフラグと言えなくもない。

私の所感はともかく、彼らの話には今現在、織田軍が置かれている状況の難しさが端的に現れていた。彼らの口にのぼった『問題の将軍』とは時の室町《むろまち》幕府の将軍、足利義昭《あしかがよしあき》の事だろう。

信長はこの岐阜に居を移した時、かの有名な『天下布武』の印を用いるようになった。つまり堂々と武力による天下の統一を謳《うた》った。ただ、この時点で信長が狙ったのは、足利義昭を将軍として室町幕府を再興し、権威は義昭に、軍事など実効的支配力は自らが握るという、あくまで室町幕府の存在を前提とした天下統一だ。

実際、信長は義昭とともに上洛《じょうらく》に成功し、室町幕府は再興した。が、それで万事よろしくと行かないのが戦国時代である。信長の力で将軍になったはずの足利義昭は、しかし、自分以上に力を持つ庇護者《ひごしゃ》の存在を今度は邪魔に思い始めた。義昭はあろうことか諸将に打倒信長の呼びかけをする書状を送った。小賢しいがこれは有効な手段で、天下取りレースで頭一つ抜けた信長は誰からも目障りだった。前々から信長に対立姿勢を見せていた朝倉とそれについた浅井、甲斐《かい》の武田《たけだ》、本願寺《ほんがんじ》を中心とした一向一揆《いっこういっき》衆、比叡山延暦寺《ひえいざんえんりゃくじ》、そして畿内の三好などが立ち上がり、あっという間に信長包囲網が出来上がった。

ただこの包囲網に与《くみ》する者たちはほぼ連帯しておらず、盟主たる義昭も小谷《おだに》の戦いの直前の7月に京都から追放されたばかりだ。しかし、隙あらばまた信長の邪魔をしようとしてくるのは明らかだった。

「三好なんざ最早《もはや》、問題じゃないっすね。三好家の重鎮、多羅尾《たらお》、池田《いけだ》、野間《のま》は信長様への従属を義継《よしつぐ》に勧めて、遠ざけられた。彼ら若江《わかえ》三人衆と義継の対立は深刻で、いわば内紛状態。むしろ厄介なのは、本願寺の奴らっすよ」

そう言ったのは勝家の向かい側に座る羽柴秀吉《はしばひでよし》だった。明るい山吹色のふわっとした猫毛に人懐っこそうな顔立ちの青年。見るからに陽キャというか青山《あおやま》あたりの美容師っぽい軽薄さがある。人たらしで頭の回転の速い秀吉を現代風に落とし込んだデザインだ。

そしてこの秀吉が危惧する本願寺というのが、信長の天下統一において最も長く立ちはだかった勢力のひとつだ。浄土真宗の一派で、特に摂津《せっつ》の石山《いしやま》本願寺を中心としたこの時代最大の武装宗教勢力。歴史の教科書では一向一揆でお馴染みの彼らである。大名の支配を受けつけず、独自の所領と領民、潤沢な寄付金、そして軍隊を持つ寺院というのは、そこらの弱小大名より遥《はる》かに危険な存在だった。

「勝家殿であれば、彼らの手強《てごわ》さは痛いほどわかっているんじゃ？」

「おいサル！　勝家様に喧嘩売るつもりか！」

秀吉の声音には聞く者の神経をちくりと刺激する微量の棘《とげ》が含まれていた。すかさず利家は大声を張り上げ、今にも立ち上がらんとしたが、それを勝家は片手で制した。

「……よい。事実だ。あの時、きっちりと始末をつけられなかった己の落ち度を弁解する気はない。武人であれば、言葉ではなく、武働きで贖《あがな》うべきだ」

本願寺勢の脅威が顕在化したのは今から3年前、元亀元年1570年11月の長島《ながしま》の一向一揆だろう。この時期、信長はまだ健在の浅井・朝倉と比叡山で睨《にら》み合《あ》い、畿内では三好勢とも対立し、下手に動けなかった。そこに伊勢長島の願正寺が石山本願寺の命を受けて立ち上がり、信長の弟・信興《のぶおき》がいる尾張《おわり》の小木江《こきえ》城を攻めた。信長は比叡山から援軍を出すこともできず、信興は自害。小木江城は陥落した。

その雪辱戦として翌年5月、信長は柴田勝家を指揮官として北伊勢に攻め込んだが、猛反撃にあい、あえなく撤退。そこにつけ一揆勢は撤退路にも伏兵を置き、殿《しんがり》を務めた勝家は負傷、家臣のひとり氏家卜全《うじいえぼくぜん》は死亡と、これでもかと苦杯をなめさせられていた。

チッ、とわざとらしく大きな舌打ちが聞こえた。途端、ざわめきは潮のように引き、あたりはしんと鎮まった。

「お前たちを集めたのは、禅僧の問答のような言い合いを聞くためではない。雁首揃《がんくびそろ》えて堂々巡りの議論しか出来ぬなら、その首は無用の長物。どいつもこいつも叩《たた》き斬られたいのか」

怒鳴るというよりは、苦々しく吐き捨てるように信長は言った。その瞳にはぎらぎらと白熱した光が宿っている。推しに対する欲目なのは重々承知だが、顔のいい男は怒る顔すら美しいと思う。むしろ、こういう感情むき出しの表情こそ、この信長というキャラクターの真骨頂ですらある。そんな風に思う一方で、今この場を覆うひりつくような空気に、胃の痛みを覚える自分もいる。さながら、上司に詰められているようだと。実際、この場にいる名だたる武将たちもみな口をつぐんでいた。その中には、家老筆頭の佐久間信盛《さくまのぶもり》や勝家に並ぶ宿将である滝川一益《たきがわかずます》などもいる。彼らの織田家での立場は、利家などと比べて遥かに上のはずだが、その容姿は地味で、どこにでもいそうな顔立ち――つまりモブ顔だ。ここら辺はゲーム準拠らしかった。

「意見具申よろしいでしょうか」

重苦しい空気に風穴を空けるように朗々とした声が響く。秀吉の隣に座していた明智光《あけちみつ》秀《ひで》だ。「言ってみろ」と信長。

「先の戦いで、長島に力押しは難しいとわかりました。問題は彼らの補給路です。彼らには海路で雑賀《さいか》勢などから絶えず兵糧や武器が供給されており、これを断たない限り我らの勝利はないでしょう」

「では如何《いか》にする？」

信長はいまだ火のくすぶったような目で光秀をにらんだ。問題提起をするだけでは、この癇性《かんしょう》の上司は納得しない。光秀はそれも承知と言うように、先ほどと変わらぬ調子で応えた。

「大湊《おおみなと》の会合衆から船を調達し、伊勢の海路を押さえたうえで、攻め入るべきかと」

信長はしばらく黙って光秀の顔を見ていたが、やがて、溜《た》まった怒気を散らすようにハンと鼻を鳴らし、そして言った。

「会合衆……あの業突く張りの商人どもを俺に説得しろと言うのか。まったく、面倒なことを考えやがる」

心底面倒くさいという様子で信長が溜息《ためいき》をつく。すると、ここまで顔色一つ変えなかった光秀がやや目を伏せた。

「申し訳ありません。ただ、現状これが私の思いつく最適解でして……」

「わかっておる。大湊の会合衆については、信雄《のぶかつ》らに働きかけさせよう。秀吉、あとで北畠《きたばたけ》に使いを出せ。皆も聞いたな？　ここはいったん三好を捨て置き、伊勢長島を攻める」

家臣を睥睨《へいげい》し、そう宣《のたま》う信長。ここまでのやり取りを見て、私は改めて思い知った。

(はああ～！　やっぱ『光秀×信長』じゃん！)

頭の回転も気性の荒さも盛んに燃える火の如《ごと》く。それがこの信長で、ゆえに誰もが憧れ、畏れこそすれ、迂闊《うかつ》には近づけないが、光秀は違う。信長の火のような性質にも怖じることなく、それが信長に必要だと思えば言葉は口にするし、行動は実行に移す。今さっきも、意見具申で、信長を怒らせ首を刎《は》ねられることを恐れる素振りはまったくなかったが、信長が困った顔になった時には戸惑ってみせた。つまり、光秀の中では自分の命より、主のためになるかどうかが行動基準になっている。

(穏やかな顔して、この強火の忠臣っぷり！　これを攻めと言わずに何を攻めというの!?　てか、信長も光秀のそういう性質わかってて、試すように、怒ってみせるんじゃん。ああもう、面倒くさい彼女かよ。好き！)

「あの、お市様……先ほどからそんなところに張り付いて、一体、何をなさっておいでで？」

「え？　ああ、そのお兄様たちのお話が少し気になって」

私は襖《ふすま》の隙間から顔を逸《そ》らし後ろを振り向いた。そこには困惑しきった顔のつながいた。

「たしかに姫として今の織田家の状況には常に気を配るべきでしょう。ですが仔細《しさい》を知ったとしても、お市様に出来ることはありませんでしょうに」

ぐうの音も出ない正論である。容姿こそ今はゲームのお市そのものの私だが、その能力は極めて現実的なアラサー女子のままだった。ゲーム中では、姫であるお市も、信長や光秀と同じように、得物である薙刀《なぎなた》を手に兵士や武将をバッタバッタとなぎ倒し、容易《たやす》く千人斬りしてみせるが、この体にそんな力はない。当然、体力ゲージも必殺技ゲージも見当たらない。もし他の人よりアドバンテージがあるとすれば、学校教育とプラスアルファで小説やゲームで得た歴史の知識があるぐらいだ。

「私の知識と今のお市としての立場を合わせれば、推し《光秀》と推し《信長》を、くっつけられるのでは？」そう意気込んで岐阜城までついてきたのは良《い》いが、今の所、私は無為に日々を過ごすばかりだった。未来の知識があってもそれを上手《うま》く活《い》かす方法がいまだに見えないのだ。武将ではないのだから、敵の動きを先読みして、百戦百勝に導く立場にはなりえないし、そもそも、もしお市ではなく武将として転生したとしても、ガチな合戦のやり方を知らない私にそれを活かせるとは思えない。

そう、このゲームそっくりの世界は、しかし、ゲームと同じような合戦はしていなかった。もしゲームと同じ仕様なら、信長たちの今までの会話など無意味で、ともかく経験値を稼ぎパラメータをMAXにした武将を戦場に送り込めばいいのだ。本願寺だろうと千人斬りを何十回か繰り返せば壊滅する。

戦場を駆ける一騎当千のつわもの――そんなミクロの要素で、ゲームの盤面はひっくり返せる。しかし、この世界ではそうはいかない。戦いはあくまで現実の物理法則に則《のっと》る。それはすなわち、戦火を交えるまでは兵站《へいたん》の補給と兵力数、戦闘が始まってからは指揮官の質と兵の士気、そう言ったマクロの要素に左右される地味で泥臭い戦いだ。それすらも実はミクロの視点で、もっと言えば、どの時期に、誰と組み、誰を攻め、どこを戦場とするか、その設定こそが戦争の要――とは、歴史小説や戦記物を読んでいるとよく見かける記述だ。

この2週間でわかった最大の事実は、この世界はたしかに見せかけこそゲームそのものだが、それ以外は限りなく現実に近かった。自分の夢なのだから、自分の意思で何とか出来るのでは、と多少たかを括《くく》っていたところもあったが、とんでもない。私が念じた所で信長と光秀がくっつく素振りはなく、ただ彼らは彼らなりの思う所のためにのみ行動していた。信長や光秀だけではない。秀吉や利家も、そして顔は見たこともないが、信長の敵である義昭にしろ本願寺にしろ、彼らなりの理由をもって、極めて現実的な動きを見せる。その動きは史実やそれをベースにしたゲームと殆《ほとん》ど同じで、そう簡単にご都合主義を許さない世界になっているようだった。

つまり光秀と信長をくっつけるにしても、ちゃんと整合性のとれた筋書きを用意しなければ成立しない。だから、私としては、なるべく光秀を活躍させ、信長との距離を縮めさせたいが、今ここで評定に意見するとか、信長に直接具申するとか、あからさますぎる手段は「お市と光秀は通じているのでは」という疑惑を生み、かえって光秀の立場を悪くさせかねないだろう。

「さあ、お部屋に戻って手習いでもいたしましょう。それとも読み物にいたしますか？お市様はどうにもここ最近、物忘れが激しいようですから」

私は渋々襖から離れる。スマホのない世界では、暇つぶしは『源氏物語《げんじ》』とか古典を読《よ》み漁《あさ》り、和歌の手習いをするしかない。学生時代、古文の成績は悪くなかったが、流石《さすが》にこの時代の教養レベルにはまるで達していない。記憶の混濁とともにだいぶ教養の欠落したお市に対し、つなは呆《あき》れながらも根気よく付き合ってくれている。

「今日は『源氏物語』の『少女《おとめ》』の巻でも読みましょうか。お市様の好きな頭中将《とうのちゅうじょう》が出てきますよ。しかしまあ、お市様も変わった趣味ですね。光源氏《ひかるげんじ》ではなく頭中将だなんて」

「そうかしら？　どの女性よりも魅力的だと思うのだけど。光源氏同様、文雅に優れ、でもいつも光源氏に負ける究極の二番手。そのくせ、競争相手の光源氏が遁世《とんせい》した時も、ただ一人彼を見舞いに行っているその心意気の良さ……はあ、紫式部《むらさきしきぶ》わかりすぎてる」

「……わかりすぎ？」

「なんでもないわ」

私が手をひらひらとさせて言うと、つなは「よかった。傷跡はもう残っていませんね」と笑った。彼女が言っているのは、この世界に来たばかりの頃、これが夢かどうか確かめるために私が自分でつけた指の傷のことだ。

「もうとっくに塞がっているわ。包帯だって1週間前には取れてたでしょう」

私の言葉につなが眉をひそめる。

「どうしたの？」

「いえ、あのさらし布ですが、洗おうと思ったら、いつの間にか消えていたんですよね。少しですが血がついていましたし、他の布と一緒になったらいけないなと」

「風にでも飛ばされたんじゃない？　別に布切れ1枚惜しむほど織田家の財政はひっ迫していないのだし、大丈夫よ。そんなことより『少女』の巻を読むのでしょう？　なら早く行きましょう」

いつの間にか私の方が生真面目すぎる侍女を引っ張る形で、部屋へと戻った。

＊＊＊

「お市様は行ったみたいっすね」

「まったくお元気な姫様だ。けど、昔はすぐ御屋形様の影に隠れるような照れ屋じゃなかったか？」

武将たちの目は少し開かれた襖の隙間に向けられていた。

「評定の覗《のぞ》き見《み》とは、浅井にいる間にずいぶん変わった趣味をお持ちになったようで」

秀吉の言葉に信長は喉の奥からくつくつと笑い声をあげた。

「是非に及ばず」

＊＊＊

評定から約１週間。信長は長島征伐のため出陣した。ゲームでは姫でありながらお市も合戦のたびに出陣していたが、私は今、岐阜城にいる。伊予《いよ》の鶴姫《つるひめ》など、戦国時代にも姫武者はいたらしいが、少なくともこのお市は戦う術など知らない。結果、戦場と離れた城内にあって、お市は侍女たちとのどかに過ごしている。

武将たちの顔が、プレイヤーキャラ以外、云十《うんじゅう》種類あるモブの顔グラのどれかなのに対し、侍女や子供たちは、派手ではないけれどみな違った顔立ちをしていた。ゲームでは侍女や子供の顔グラは1、2種類しかない。もしここまでゲーム準拠にされていたら、私は侍女どころか自分の娘たちすら見分けがつかなかっただろう。

「今度の長島攻めの布陣、錚々《そうそう》たるものですね」

つながそう言うと、侍女の中でもとりわけ若いかめが頷《うなず》いて答えた。まだ10代半ばで、声も所作も初々しい。

「はい！　佐久間様と柴田様と、それから滝川様、羽柴様、丹羽《にわ》様に、えーっと……」

「あとは蜂屋《はちや》様と林《はやし》様も。織田家の全員が出陣されたんじゃなくて？」

すかさず言ったのは、侍女の中でもお局《つぼね》のきのだ。侍女は数多くいるが、つな以外だとこの二人が特に私の世話をすることが多い。ベテランと新人を組み合わせて、まず面倒を見させるのは、いつの時代も一緒らしい。

「ぜんいんじゃないわ」

侍女たちの話に割り込んだのは、私の膝の間に座っていた小さな女の子だった。

「あけちさまがいらっしゃらないわ。ね、お母さま」

お市の娘、茶々《ちゃちゃ》は利発そうにきらりと光る目で私を見上げた。自分の娘という事になるが、あまり実感はない。当初、さすがに娘には母の変わりようが見抜かれるかもしれないと私は危ぶんだのだが、この時代、ある程度身分の高い女性であれば、子供の世話というのは乳母の役目。茶々だけでなく、生後1か月ちょっとの生まれたてのお江《ごう》の世話も、2歳の初《はつ》の面倒も大体乳母や侍女たちが見てくれている。だからたまにこうして一緒に過ごしても、特に不審がられはしなかった。今日の茶々は、庭で侍女たちが摘んできた秋の花々や木の実を使って、福笑いのように、人の顔を作って遊んでいる。

（親子というより、親戚のおばさんと姪《めい》みたいだな）

自分がお腹を痛めて産んだ子ではないけれど、私はこの少しおしゃまで気の強い女の子が可愛《かわい》かったし、彼女も私に懐いているようだった。

私は聡明《そうめい》な娘の指摘に「ええ、そうね」とうなずいた。

そう、今回の長島攻め、明智光秀は参加していない。当然と言えば当然で、家臣全員が出払うことは防衛上できない。

元々尾張《おわり》の一国の主だった信長は、美濃を手に入れ、さらに上洛《じょうらく》したことで京都と畿内の政務も執り行うようになった。以来、信長にとって京都と美濃の間である近江《おうみ》は非常に重要な場所となり、信長はその平定の為《ため》、琵琶湖《びわこ》を中心に家臣たちを配置した。たとえば坂本《さかもと》には明智を、長江寺《ちょうこうじ》には柴田、長浜《ながはま》には羽柴、安土《あづち》には中川《なかがわ》など。これら家臣たちが必要に応じて信長とともに他領に進軍したり、逆に隣接する勢力からの防衛につとめる。後者はいわば家の留守を任されるのだから、忠臣として信頼されていることの証《あかし》ともなる。

言えよう。とはいえ、前線に立つ者が持てはやされるのが世の常だ。

「利家様、出奔騒ぎで一時はどうなるかと思ったけれど、今や大層なご活躍じゃない。特に勝家様と一緒の時の働きは鬼気迫るものがあるわ。勝家様に近づく敵は容赦なく一突きに。なんでも一気に五人の胴を貫いたこともあるとか。ああ、私も貫かれたいわ〜、なんてね。やだ、もう〜」

きのがまくしたてるように言う。さながら推し俳優のプレゼンをしているような口ぶりだが、内容はなかなかに血生臭い。

「利家様にとって勝家様は命の恩人ですもの。利家様が勝家様を慕うさまは……ここだけの話、子犬のようで愛らしさすら覚えます。それに淡々と応える勝家様の姿も好《よ》いのですけれど」

うっとりと、そして熱っぽく語るかめ。私は思わず彼女を見つめてしまう。彼女の言うことは、つまり『『わんこ系後輩×クール先輩』いいよね」と、そういうことではないのか。

「わかるわ〜。それに槍《やり》の又左《またざ》にかかれ柴田……勝家様も普段は物静かだけど、ひとたび戦場に立てば、鬼のように敵に斬りかかるのよ。一見正反対でありながら、その実、お二人は似た者同士。そういう所も素敵じゃなくて？」

きのも饒舌《じょうぜつ》に言う。正直、混ざりたい。「それな。『利家×勝家』いいよね」と。私は、最推しこそ光秀×信長だが、基本的にストライクゾーンの広い、いわゆる雑食。だから利家と勝家の武人同士の先輩後輩カプも美味《おい》しいと思ってしまう。それこそ、「現代高校生パロやるなら、剣道部の部長と副部長として転生させたい」と何度思ったことだろうか。

だが、女子校時代のオタ友相手ならともかく、今は戦国時代、姫として侍女にそんな絡み方は出来ない。何より、侍女たちは萌《も》えとかそういうのではなく、純粋に戦場を駆ける武将たちの格好良さを賞賛しているのではないだろうか。実際、城に来てこの数週間でわかったのは、城詰めの女たちの会話というのは「武将の誰それがかっこいい」とか行商が持って来た都の反物や髪飾りのことばかり。要するに彼女たちは、職場のイケメン社員か、最新のブランドものやコスメの話で盛り上がっている一般人に近い。ここで彼女たちが「職場の○○さんと△△さん、かっこいいよね」と言っているからといって、腐女子のノリで「○○さん×△△さん、萌えるよね」なんて話に混ざろうものなら、大事故が起きる可能性は高い。

私は自分の邪念を払うために、茶々の作っている不格好な福笑いに視線を向けた。ススキの髪が逆立ち、ドングリの目がつり上がったその顔はどこか見覚えがあった。

「ですが勝家様も、うかうかしていられないんじゃないでしょうか？」

そう言ったのは、茶々が床に転がしてしまったドングリを拾い上げたつなだった。「どういうこと？」と私は訊《たず》ねる。

「勝家様や利家様は信長様に古くから仕える宿将ですが、近頃は秀吉様や光秀様たちの活躍も目覚ましいものがあります。特に今回出陣される秀吉様は知略に優れる方。戦は武働きだけではありません。これからますますあの方の存在感は増すんじゃないでしょうか？」

雑談に夢中になる侍女たちとは一線を画す、落ち着き払った声。これも数週間付き合って分かったことだが、私の乳母子《めのとご》だというこの侍女は、本質的に真面目だった。他の侍女のように、イケメン武将に黄色い声を上げるとかそういうミーハーな所は今のところ見当たらない。でも、無愛想なわけではなく、いつもお市である私に優しく接してくれる、その態度には不思議と安心感があった。

私はつなの言葉に親しみを込めて「そうね」と相槌《あいづち》を打った。きのも、うんうんと頷く。

「つなの言う通り、秀吉様の勢いには目をみはるものがあるわ。武家の出ではない身から、今や信長様の信任厚く、今度も浅井亡きあとの長浜の一帯を任されるほどだもの。勝家様や利家様のように目に見えて強そうというわけではないのに、どういうわけかあの方はいつも戦に勝つのよね」

秀吉の戦の巧《うま》さについては、教科書や歴史小説などの知識でも十分知る所だ。中国攻めでの高松《たかまつ》城攻略の水攻めや、そこから信長の訃報を聞くなりすぐに引き返した大返しなど、その判断力と行動力は別格で、戦術だけでなくより大局を見据えた戦略眼の持ち主と言えよう。そしてその能力は武力による争いだけでなく、政治という争いにおいても、発揮されていくことになる。信長亡き後の後継者争いに秀吉が勝ったのは、この恐ろしく広い視野のお陰だろう。だが、ここできのは溜息《ためいき》をつく。

「だから、秀吉様と勝家様が手を取り合えば、織田家は安泰なのだけれどもねえ……」

「今のところ、馬が合わないみたいですわね。秀吉様は露骨に勝家様を『頭の固い猪武者《いのししむしゃ》』として馬鹿にしていますし、勝家様の方も秀吉様を『口先だけの小賢《こざか》しいこわっぱ』と軽蔑しているとかいないとか……」

「なんでおじさまは、けんかをお止めにならないの？」

かめが言い終わらないうちに、茶々が福笑いの顔を指さしながら言った。つり上がったドングリの眼。ススキの白い髪。なるほど、これは信長だったのか。

「そうねえ。仲が悪いと、二人で競い合うでしょ？『俺の方が信長様の役にたっているぞ』『いやいや私の方こそ』って。そうすると二人とも、仲が良《い》い時より、がんばるの」

こういう言い方で伝わるのか、そもそも私の説明が正しいか、あまり自信はなかった。ただゲーム中で、信長が勝家と秀吉の不仲を放置したのは、この通り、互いの競争心を煽《あお》り、戦果を挙げさせるためだった。

「やっぱりおじさまって、すごくかしこいのね！」

茶々はすんなり理解してくれた。やはりこの子は利発だ。

「成果が出ているうちはいいですけど、いつ、ほころびが出ないとも限りませんね……」

つながぼそっと呟《つぶや》いた。きのも頷く。

「本当にね。でも、うめは『あの二人の仲の悪さがたまらない』なんて言うのよ」

うめとはこの場にいない、三女・江の世話役の女性だ。

「憎悪や対立は、親愛や思慕よりずっと強い感情で、これはお互いを思い合っているようなものだとか」

色白でふっくらとしたうめの顔を思い出す。彼女はいつもニコニコと微笑《ほほえ》みを絶やさず、江の相手をしてくれる。あの穏やかな顔の裏で、そんなことを思っていたのか。

「喧嘩《けんか》するほど仲が良いという事でしょうか？」

つなは訳がわからないというように首をかしげる。いや、そうではない。喧嘩するほど仲が良いというのは、表向きは喧嘩をしつつも、実は根っこで相手を信頼しているという、わりと王道な関係だ。うめが言うのは、憎しみも、相手に大きな感情を向けるという意味において、愛情と同義だということ。ここに仲の良さは必要ない。むしろこの場合、その感情の大きさからして、殺意こそ究極の愛情ということになる。これは完全に闇の腐女子の理論だ。

「喧嘩するほど仲が良いと言えば、むしろ秀吉様と利家様じゃないですか？　あの二人、言い争ってることも多いですけど、お酒の席じゃよく笑い合ってますし」

かめが言う。それは本当だった。前に評定の席で秀吉と利家が言い合っているのを目の当たりにしたが、二人の対立は決して陰に籠っていない。両者ともに根は明るく、頭の回転が速い故だろう。たいがい、利家が秀吉の発言に嚙《か》みつくが、翌日にはそんなことも忘れたように利家は秀吉と戦術について語り合っていたりしている。

「秀吉様と利家様は、ほとんど同い年ですし、なんだかあのお二人が喧嘩したり、笑い合ったりしているのを見ると、微笑ましくなりますわね」

「ちょっと。さっきまで、利家様と勝家様の関係性が好いって言ってなかった？」

きのが眉間にしわを寄せて言えば、「それはそれ。これはこれですわ」とかめ。わかる。雑食の人間にとって、複数のカプは同時並行に存在可能だ。

（いや、そういう問題じゃなくて……）

侍女の言葉に共感しながらも、私は自分に突っ込む。共感できるという事は、やはりこの戦国の女たちも、腐女子なのだろうか。もちろん、腐女子なんて言葉がこの時代にあるわけもないが、要は彼女たちもそれに似た嗜好《しこう》を持っているのか。そんな馬鹿なと思いつつ、あ、と私は気づいてしまう。この世界はどうやらゲームにプラスアルファ私の知識をベースに出来ている。そして私の脳みそはこの世界に腐女子の知識すら組み込んでしまったのではないか、と。

（混ぜるな危険にもほどがあるでしょ！　完全に異物混入じゃん！）

自分のこめかみを強く押さえながら思う。そうやって、まさか私が私自身の脳にケチをつけているなど、この場の誰も思いもしないだろう。かめが屈託のない笑顔を私に向けてくる。

「お市様はどうお思いになります？」

「どう、とは？」

「殿方の組み合わせですよ。注目している方はいらっしゃるのですか？」

これは現代語訳するなら「どのカップリングが好きですか？」ということか。相手が腐女子とわかった以上、こちらも包み隠さず『光秀×信長』と答えたい。しかしだ。

(仮にも信長の妹が、特定の武将に肩入れしているように思われたらマズいのでは？)

こんな他愛ない会話がどこまで広がるというのか。しかし、さっきもうめの性癖が思わぬ形で暴露された。やはり迂闊《うかつ》なことは言うべきじゃない。頭の中で、一瞬のうちにそんな結論が出た。私は慎重に言葉を選ぶ。

「組み合わせ、ね……しいて言えば、お兄様とあらゆる家臣たち。その関係性の全てかしら。彼らがこぞって功を立てようとするのも、全てはお兄様のためでしょう？　であれば、お兄様とそれを慕う者たちの絆《きずな》こそ、もっとも尊いものではなくて？」

嘘《うそ》はついていない。私は、信長とすべての武将の組み合わせが好きだ。最推しはあくまで光秀×信長だが、それもここで言う信長総受けの一形態だ。

「たしかに、勇将たちが時に競い合い、力を合わせるのも、全ては信長様のため。信長様の存在こそ、諸将にとって最も優先すべきものですものね」

「さすがお市様のご慧眼《けいがん》、恐れ入ります」

私の言葉に侍女たちは深くうなずいてくれている。自分の嗜好が支持されていることは悪い気はしない。しかし、どうしても物足りなさを感じずにはいられない。

(勝家、利家、そして秀吉の話は散々出た……けど、殆《ほとん》ど光秀のことは出ないか)

今回の戦で出陣しないのもあるのだろうが、侍女たちの中で光秀がまだそれほど意識する存在になっていないことのあらわれのようにも思える。気になったカップリングを嬉々《きき》として検索にかけたのにヒット数1ケタ台だった時のような、寂寥《せきりょう》感。推しカプがマイナー扱いで嬉《うれ》しい腐女子などいないだろう。

「ねえねえ、お母さま、見て。おじさま、きれいにしたよ！」

茶々は木の実と植物の葉で作った信長の顔の周りに、色とりどりの秋の花を飾っていた。

「せっかくだから、この桔梗《ききょう》は、おじさまの顔の横に置いて差し上げましょう」

信長の首元に咲いていた紫紺の桔梗を私は指でつまんで、その顔の左横に置いた。概念であれグッズの位置は気になるのだ。

私は、今はまだ影の薄い桔梗紋の男を、どうやってこの場所に押し上げるべきか、考えずにはいられなかった。

4章　蝶の羽ばたきほどの

史実通り光秀《みつひで》抜きの長島《ながしま》征伐は結論から言えば、史実通りひと月近くにわたった挙句、信長《のぶなが》と一向一揆《いっこういっき》、ともに痛み分けに終わった。はじめこそ北伊勢《いせ》を順調に攻略し、なみいる豪族を平伏《ひれふ》させていった信長だが、大湊《おおみなと》の会合衆はついに信長に従わず、船による海上封鎖は叶《かな》わなかった。そこで北伊勢攻略を成果とし、一度美濃《みの》に戻ろうとした信長を、待ち伏せしていた一揆勢が襲い掛かったのだ。この時は悪天候もあり、信長勢は苦戦を強いられ、殿《しんがり》を務めた林通政《はやしみちまさ》は討ち取られている。撤退戦のさなかに、伏兵に家臣が討ち取られたのは、2年前、柴田勝家《しばたかついえ》が司令官だった第一次長島征伐と同じ。北伊勢を平定したとはいえ、またしても長島を攻め落とすには至らず、信長は大いに荒れた。なんとか逃げ延びた先の大垣城《おおがきじょう》で「長島に与《くみ》する者は悉《ことごと》く重罪に処す」と吠《ほ》え、大湊の船主たちを取り締まるよう命じたとか。これが10月の終わりの事だ。

「長島から帰ってまだ一週間ちょっと。それで次は若江《わかえ》の三好《みよし》を攻めるとは、信長様の活力には驚かされますね」

私の髪を櫛《くし》で梳《す》きながらつなが言った。学生時代以来、長らくショートカットだった私にとって、腰まであるこの長い黒髪はいまだに自分の体の一部として認識が難しかった。ただ、つなの優しい手つきは触られて嫌な気がしなかった。

「長島での苦い思い出を早く消したいのかもね。今回はお兄様が直接出向くわけじゃないし、苦戦するような戦いにはならないでしょう」

「若江には佐久間《さくま》様が向かわれましたけれど、少し意外でございます。佐久間様は信長様より年長の織田《おだ》家の宿老中の宿老ですが……近頃は信長様から遠ざけられているというお話もありましたから」

少し声を落としてつなは言った。佐久間信盛《のぶもり》。残念ながらゲームの中ではモブ顔のおじいちゃん武将だが、史実ではなかなかにドラマに富んだ人生を送った武将だ。信長より6つ年上の1528年生まれとされ、信長を諫《いさ》めるため自刃したとされる平手政秀《ひらてまさひで》のあとを継ぎ、以来約30年、織田家の家臣たちを率いる家老筆頭だが、信長が本能寺《ほんのうじ》で討たれる2年前に信長によって追放されている。その原因となる出来事が、私がここに転生するちょうどひと月前、8月に起こっていた。浅井《あざい》・朝倉《あさくら》と戦火を交えるにあたって、信長はまず越前《えちぜん》の朝倉勢と一乗谷《いちじょうだに》で戦った。この戦いで信長たちは最終的に朝倉を降《くだ》したが、途中、利根坂《とねざか》で朝倉義景《よしかげ》を取り逃がしている。この時、家臣たちの追撃の甘さを信長は叱った。するとと信盛は涙ながらに言った。「そうは申されても、我々ほど優秀な家臣団はそう、おりますまい」と。この口答えが信長の癇《かん》にいたく障った。信長は信盛の所領を没収しようとしたが、さすがに長年の功労者へのこの仕打ちは全軍の士気にかかわるとみなが言い含め、所領没収はなくなった。しかし、この件はついに追放まで尾を引いたとされている。

この宿老追放は、いかにも鳴かぬホトトギスを殺す信長らしいエピソードなのだが、私としては、あながち信長が短気すぎるとも思えない。というのも、のちに信長が佐久間を追放する際に出した一九条の折檻状《せっかんじょう》というのがある。これは対本願寺《ほんがんじ》方面の司令官として織田軍でも最大級の戦力を任されたのに、結局5年あまり、何の成果も出さなかった信盛に対し出されたもので、「ここ最近、天王寺《てんのうじ》の城に在りながら、お前は何も手柄を挙げていない。光秀や秀吉《ひでよし》の働きは目覚ましいというのに。池田恒興《いけだつねおき》はお前よりずっと安月給で素晴らしい手柄を立てている」といったことが書かれている。

つまり歳《とし》を取って、それなりの高給取りのクセに、他の若手や中途より全然働いていないのは何事だという叱責だ。この折檻状の存在を知った時、現代の藤芳壱子《ふじよしいちこ》は心の中で首がもげる程領《うなず》いた。その脳裏に浮かんでいたのは、ロクに働きもしないくせに給料は私たちのウン倍というテレビ局の役員や、そいつらとしょっちゅうゴルフに行っている制作会社のお偉方たちの顔だ。さらに信長の文には「戦えぬなら、知略を使え。そして足りないところを俺に報告するべきだ。なのに、それすら怠るとはなんだ」ともある。歳を取れば、若い頃のような武働きは出来ないかもしれない。だが、それ以外の部分で働けるだろ。そしてホウレンソウは忘れるな、と。少なくとも現代人の感覚で、信長の怒りは的外れとは言いがたい。一乗谷での口答えでも信長がキレたのは、すでにこの時点で、信盛に古参特有の優越意識や攻めを欠く安定志向が見えていたからかもしれない。歳を取ると、人は、その頭を仕事ではなく、いかに仕事をせず高いお給料をもらうかに使うようになっていく。人の思考は昔も今もあまり変わらないようだ。

ちなみにこの折檻状で、信盛と比較して、仕事している筆頭としていの一番に挙げられているのが明智《あけち》光秀なのも光秀×信長派の私にとってはポイントが高い。やっぱりこの時点で信長にとって一番の家臣は光秀だったと言えよう。ただ、この追放劇の2年後にはあの本能寺の変が起こる。一説には、この佐久間追放の一件が、明智光秀に謀反を考えさせたのでは、とも言われている。要は、どんな重鎮でも信長の逆鱗《げきりん》に触れれば、どうなるかはわからない。明日は我が身、そんな思いを光秀に抱かせた、と。実際、信長を囲んだ明智の軍には旧佐久間軍が多数いたという。それは主を失った兵の統合先がたまたま光秀の軍だっただけのことなのかもしれないが。

「……お市《いち》様？」

佐久間信盛の未来について、そしてその先の破滅について思いを巡らしていた私をつなの心配そうな声が呼び戻した。

「まあ、義昭《よしあき》を擁しているとは言え、三好はもう瓦解寸前。お兄様は佐久間様だけでも、十分に片づけられると思ったのでしょう。むしろ今は来たるべき戦いに向け、より多くの兵を温存しておくべきだとお考えなのでは」

「来たるべき、と申しますと？」

私の頭には、ゲーム中、信長、光秀、秀吉、家康《いえやす》、数多《あまた》の武将たちが通る次の合戦場《ステージ》、長篠《ながしの》が浮かんでいた。けれど、ここで具体的にその名前を挙げるのは千里眼が過ぎると、私は言葉を濁した。

「お兄様にはまだ戦うべき敵が四方に沢山いるでしょう。少なくとも三好なんて物の数じゃないわ」

「まあ勇ましい。お市様はこの頃、すっかり信長様に似てきましたね」

ふふっと笑ったつなだったが、しばらくすると櫛を持つ手を止めて「あら？」と不審そうな声を上げた。

「どうしたの？」

「お市様の髪留め紐《ひも》が見当たらないのです」

つなは櫛などをしまっている蒔絵《まきえ》の道具箱の中身を何度もあらためた。櫛や椿油《つばきあぶら》の小瓶、銀のかんざしに翡翠《ひすい》をあしらった髪飾りなどは入っているが、一番よく使う薄紅色の組紐《くみひも》がどういうわけか見当たらない。

「湯浴みの前には外して入れておいたはずだけど」

「ええ、つなもそのように記憶しているのですが……」

ひとりの記憶違いならまだしも二人して記憶違いというのはさすがに不自然な話だ。私とつなは顔を見合わせた。つなが不安げに口を開く。

「まさか物盗《ものと》りでしょうか？」

「物盗りなら、むしろこっちの高い髪飾りを盗みそうだけど……」

道具箱の中には、きらきら光る髪飾りがなおいくつも残っている。なくなった組紐は絹糸を束ねたものだが、残された髪飾りに比べれば取るに足らない値のものだ。だからこそ、その気安さと使い勝手の良さで、私は一番好んで使っていたのだが。

「……付喪神というやつでしょうか？」

気まずい沈黙を破るようにおずおずとつなは言った。

「付喪神って、ものに宿る神様のこと？」

「ええ。お市様が大切に扱っていらしたから、魂が宿ってひとりでに動き出したとか……」

私にしてみれば、二人の記憶の死角が重なった偶然の産物。しばらくすれば思いがけない場所に置き忘れていたと判明するだけのことだと思うのだが、私は「そうかもね」と相槌《あいづち》を打った。つななりに私を不安がらせまいと言っているのだし、その心遣いは否定したくなかった。

「髪留めはいいわ。つなが綺麗《きれい》に梳いてくれたから、寝ぐせもついていないし。それにしても、お兄様が私にお話なんて、一体何かしら？」

今日は朝がたから蘭丸《らんまる》がやって来て、信長からの言づてを伝えて来たのだ。話があるゆえ、支度ができ次第、参上せよ、と。

「戦から帰ってきて久々に兄妹《きょうだい》水入らずでお話しされたいのでは？　お市様はお嫌なのですか？」

つなは私の顔色から微妙なニュアンスを読み取ってしまったらしい。率直に言えば、最推しの信長と二人きりで話せるのだから嬉《うれ》しくないわけがない。が、嬉しさが一周まわって畏れ多いのだ。あの信長と同じ空気を吸って、あまつさえ一対一で口をきくなど。変なことを口走らないだろうか、今から気が気でなかった。

「もし何か具合が悪いのでしたら、私からお断りを……」

「大丈夫！　久々だから、何を話すべきかちょっと考えてしまっただけよ！」

私は食い気味にそう言った。結局、推しへの迸《ほとばし》る思いが不安や羞恥心をぶん殴って黙らせたのだった。

＊＊＊

「お兄様、お市でございます」

「入れ」

私は深く息を吐きだすと、襖《ふすま》を開けた。信長は部屋の真ん中で胡坐《あぐら》をかいていた。ごく自然に寛《くつろ》いでいるその様子に、私は一気に肩の力が抜けるのを感じた。信長は「座れ」と目の前の座布団を顎でしゃくった。

「では失礼して。ところで、こちらは一体？」

信長と私の間にはザルいっぱいに盛られた栗《くり》があった。

「お前は栗も見た事がないのか？」

信長がにやにやと笑いながら言った。

「いえ、栗はわかりますが、これだけたくさんの栗、いったいどうしたのですか？」

「商人からの献上品だ。丹波《たんば》国の栗は大きいぶん晩生《おくて》だとか。俺も甘いものは好物だが、流石《さすが》にこの量はひとりじゃ食えん。お前にやる。侍女たちと食べるがいい」

「ありがとうございます。私もみなも喜びます」

女子は芋栗南瓜《なんきん》が好きなもの、とステレオタイプで括《くく》られるのは癪《しゃく》だが、実際、私個人の嗜好《しこう》を言えば、こういった食べ物は好物だった。なければないで過ごせるが、こうして目の前にするとやはり心が躍ってしまう。

「嬉しそうで何よりだ。ただ蜜煮にするなら、俺にも少し分けろよな」

そういえば信長はお酒より甘いものが好きで、南蛮由来の金平糖などの菓子にも目がなかったという。魔王と呼ばれた男が甘党。ギャップ萌《も》えを地で行く推しを前に、「うへへ」と変なオタク笑いが漏れそうになるが、間一髪、私はやや俯《うつむ》き奥歯を強く噛《か》んで自制した。

「……実はな、お市。今、お前が俺の前でそんな風に笑ってくれて、俺は心底ほっとしているんだ」

私は思わず信長の顔を見る。いつもの覇気が翳《かげ》った眼差《まなざ》しは、私を真っすぐに見ているが、その視線は私を通り越してもっと遠く後ろを見ているようだった。

「お前は昔から俺にとって数少ない、いや、殆《ほとん》ど唯一の味方だった。親父《おやじ》の頃からの家臣のほとんどは俺に今川《いまがわ》への恭順をすすめ、俺が首を横に振れば、皆呆《あき》れて出て行った。残った者も俺をうつけ者と見て、大半が信行《のぶゆき》と母についた。血の繋《つな》がった者もそうでない者も、みな俺を忌み嫌ったのに、お前だけはどうしてか俺を兄と慕ってくれて懐いていたな」

「お兄様……」

「長政《ながまさ》を討ったことで、俺はお前に憎まれることを覚悟していた。だが、お前は変わらず俺に笑いかけてくれる。そのことに俺がどれだけ救われたか……」

魔王とも覇王とも呼ばれ恐れられる男にも、こんな繊細な一面があるということ。甘党なんて属性の比ではないギャップ萌えのインフレーションに最早《もはや》私はリアクションすら取れない程、放心しかかっていた。が、続く信長の言葉は私を一気に現実に引き戻した。

「いや、やはりお前はどこか変わったな。どこがどうとは言えないが、今のお前は昔のお前と確実に何かが違う。俺への敵意こそ感じないが……」

そりゃそうだ。私はお市の皮を被《かぶ》った藤芳壱子なのだから。現代のアラサー腐女子会社員が完璧に戦国の姫君になり切れるわけがない。だが、そんなことを言えるわけもなく、私は焦りに震えそうになる舌を抑えつけて、ゆっくりと言葉を選んだ。

「……織田のお転婆姫も、今ではすっかり自分が子供に振り回される側。母になり、守るものが増えれば、おのずと変わることもありましょう。お兄様には少しわかりにくいことかもしれませんが」

「そういうものか」

首を傾《かし》げる信長に私は駄目押しのようにきっぱりと言う。

「ええ、そういうものです」

ひとりの女性が女から『妻』になってもさほど変化はないが、『母』になった途端に大きく変わる。少なくとも現代ではそうだ。何事においても優先順位の第一位が『子』になり、行動の指針も考え方もそれまでとは大きく変わっていく。お市も、子供の世話の大半を侍女たちに任せているとはいえ、清州《きよす》で何も知らない姫君だった頃とは流石に違うだろう。

と、結局、現代では未婚のまま終わった私は想像に任せて言うのだが、男である信長にこの女の変化が実感としてわかる日はまず一生来ない。言ったもの勝ちである。

「たしかに私は母になって色々と変わりました。ですが、お兄様を信じてお慕いする気持ちに変わりはありません。ですから、どうかご案じめされませぬように」

「……そうか」

信長の瞳にはどぎつい猜疑《さいぎ》の色こそなかったが、暗い憂愁の色がなおかかって見えた。

「そんな顔をなさらないでください。お兄様のお味方は今や私ひとりではございません。勝家様に利家《としいえ》様、秀吉様、そして光秀様も、家臣はみなお兄様をお慕いし、お兄様のためなら命を張る覚悟をお持ちです」

「それは俺が勝ち続けていたからだ。だのに、俺はいまだ長島如《ごと》きで足踏みしている。何が天下布武だ。俺の手はその栗を自由にとることすら敵《かな》わないじゃないか」

信長の視線の先にはザルに盛られた丹波の栗があった。天下に武を布く、と宣言しながら、この時点で信長の所領は尾張《おわり》、美濃、近江《おうみ》止まり。確かに丹波はまだ遠い。いずれ西は丹波どころか播磨《はりま》方面まで勢力下にすることを私は知っているが、信長としては自分の歩みの遅さ、不確かさに苛立《いらだ》つのだろう。

「俺の家臣はみな優秀だ。だが奴らには奴らの人生がある。俺の器がここまでと見限れば、他の家につくこともあろう」

それは確かにその通りで、戦国時代、武士が自分の主を替える事は決して珍しくなかった。ひとつの主家に生涯仕え続ける忠義を良しとするのは、平和な江戸時代以降の考えであって、誰に仕えるかで生きるか死ぬかが決まる戦国時代では鞍替《くらが》えは決して珍しくない。

つまり、ダメな上司はすぐに見限られる。そして秀吉や光秀などはまさにそうやって主を変えてきた転職組だ。

「秀吉は俺が才能を見出《みいだ》したから、そう離れまい。だが、光秀はどうだ？　あやつは常に仕えるべき者を探し放浪し続けた男だ。他に俺を超す器があると見れば、もしくは……」

らしくなく弱音を吐く信長を前に私は戸惑った。やはり長島征伐での思わぬ苦戦がその心を弱らせているのだろうか。私の顔に動揺を読み取ったのか信長は苦笑して言った。

「俺としたことが柄にもない事を言ったな。戯言《たわごと》だ。全部忘れてくれ。いや、その栗は忘れずにな」

私は気の利いた言葉のひとつも思い浮かばず、栗の入ったザルを抱えて部屋を辞した。

（……こういう時は好物でも食べれば少しは気が晴れるのかしら）

山盛りの大粒の栗に視線を落として私は思う。会社員時代の私がストレスを感じたり、気分が落ち込んだ時にしたことといえばちょっと高いケーキを買ったり、分厚い牛肉を焼いたり、大体食《う》に走った。それが何より手っ取り早く幸福を感じられる手段だからだ。食べる気さえ失せている時は本当に危険な時で、それがこの世界に来る直前の私の状態だった。

（とりあえず、うんと甘くて美味《おい》しい蜜煮を作ろう）

私は厨《くりや》に向かって歩き出した。

＊＊＊

私はつなら侍女たちが止めるのを押し切って一緒に栗の仕込みを手伝った。硬くて艶《つや》やかな鬼皮を取り除くのは小刀を使うから、侍女たちにしてみれば「姫の手にもし傷がついたら」と気が気でなかったのかもしれないが、最後はつなが「仕方ないですね」と彼女の持ち物である朱色の組紐《くみひも》で私の髪を束ねて厨に立つことを許してくれた。最初こそ何度か手が滑りそうになることもあったが、慣れてくればなんて事はない。ザル一杯に剝《む》いた栗を今度はたっぷりの砂糖とくちなしの実で煮込む。淡黄色の栗の実が甘い香りとともに艶やかな黄金色に染まっていくのを見るとそれだけで心が躍る。

「これはまずお市様に。作った方の特権でございます」

つなは出来立ての栗の蜜煮を小皿に載せて私に渡した。まだ温かい蜜煮は久々に脳にまでガツンと来る甘みがあって私はつい口元をほころばせる。たぶん、冷めてからの方が味も馴染《なじ》んで美味しいのだろうけど、出来たてのお菓子や味見のひと匙《さじ》というのは、実際の味以上の魅力に満ちているものだ。

「そのお顔ぶりからして、味付けはいい塩梅《あんばい》だったようですね。これなら信長様もお喜びになられるでしょう」

つなはそう言って煮込んだ栗の中でも特に形と色艶のいいものを選んで小鉢に盛った。

「せっかくお市様自ら作られたのですし、お市様がお運びになっては如何《いかが》でしょう？　きっと信長様もお喜びになりますよ」

私は頷《うなず》いて鉢を受け取った。

＊＊＊

信長の部屋へと続く廊下は薄暗かった。格子の打ち付けられた出窓から入る日差しは細く鋭く、まだ正午を少し過ぎたばかりだというのに、漂う空気には既に夕暮れの寂寥《せきりょう》がにじんでいた。

気が付けばもう霜月。城のあちこちで火鉢の中の炭がパチパチと弾《はじ》ける音が聞こえるようになっていた。まだほんのりとぬくもりの残る栗の鉢で掌《てのひら》を温めながら廊下を渡る私の背に柔らかな声が投げかけられた。

「お市様」

振り向けばそこには光秀がいた。

「あら、光秀。もしかしてお兄様へのご報告？」

「はい。都での政務の件で参上いたしました」

光秀は声を潜めて言った。信長の部屋はもう目と鼻の先。あまり大声で騒がせてはよろしくないと思ったのだろう。声を潜める代わりにその長身を私の背に合わせてかがめた。間近に見れば見る程、その整った面立ちに少しどきりとする。目の前の彼は信長同様20代半ばの青年だが、史実での光秀は——生年月日に諸説あるが——一説ではおじいちゃん武将こと佐久間信盛と同い年で信長より6つ上。しかしゲーム中、そしてこの世界だとその年齢差は容姿ではなく、落ち着いた言動で現れていた。

「あの、お市様、その栗はいったい？」

光秀が不思議そうな顔で私の手元の鉢を覗《のぞ》き込んだ。

「丹波の栗です。お兄様への献上品を侍女たちと蜜煮にしたんです」

「それはきっと信長様もお喜びになられるでしょう。しかし丹波ですか……」

「どうかしたの？」

「なんでもございません。早くお持ちになってさしあげてください」

光秀は信長の部屋への襖《ふすま》に視線を送った。

「おやつより仕事の方が大切よ。私はまた時間を改めて来るから、光秀が先に用を済ませるといいわ。大切なお話なのでしょう？」

光秀の形のいい細い眉が左だけ微妙に歪《ゆが》む。顔に落ちる影が少し濃くなった。

「いいえ、畿内は今の所大事なく。ここ最近は、毎回同じことばかりを申すのが私の仕事となってしまいました」

それはつまり光秀が畿内の政務を上手《うま》く回しているということで、喜ぶべきことのはずなのだが、その曇り顔は言葉とはちぐはぐだった。

「大事ないというのは素晴らしいことだと思うのだけど……」

そう言いかけて、私はピンと来た。ゲームのシナリオなら、この頃の光秀はさきの長島征伐でも次の若江の合戦でも留守役のため、自分が信長から信頼されていないのではと悩む描写がある。

つまり光秀としては是非、前線に立ち信長の役に立ちたいと思っているのだ。思わず襖のほうに目を向ける。

(聞こえてる信長!?　光秀は他の主君に鞍替えなんて考えてないし、それどころか誰よりも信長の力になろうとしてるのよ!)

と念を送ってみるが、あいにく私は超能力者ではない。襖の向こうは無反応だ。

光秀にしてもとんでもない思い違いをしている。確かにこの時期、光秀は京都の奉行役を任されて、戦場で戦うことなく、畿内で政務《デスクワーク》に勤《いそ》しんでいる。だが、それはその高い行政処理能力を見込まれてのことだ。学問に長《た》け、教養があり、朝廷との執り成しも出来る知勇《ちゆう》兼備の武人というのは決して多くない。むしろ信長は光秀の能力を高く買っていると言える。

しかし言葉にしなければ、互いの思いは伝わらない。であれば、ここは私が愛のキューピッドになるしかない。

（……ひょっとして、この栗《くり》使えるんじゃ？）

私の掌の中には、すっかり熱の冷めた鉢が、そしてその中にはつやつやと輝く栗があった。その黄金色のきらめきが、私には天啓のように思えた。

「あなたとしてはもう少し前線でお兄様のお役に立ちたいというのね。なら、あなたがこの栗をお兄様にお届けしなさい」

「私が栗を？」

「お兄様は丹波の栗をご所望なの。それも、都で商人から高い金で取り寄せるでもなく、運良く献上されるでもなく、おのが意のままに手にできる栗をね。その意味がわかる？」

光秀はハッとしたような顔になった。私はにっこりと笑って光秀の腕に栗の鉢を押し付けた。これが、主のためなら丹波でも何でもとってみせると、率直に申すきっかけになれば。光秀は私の意図に気付きつつも、まだ少し戸惑っているようだった。

「お市様はどうしてそこまで私などを気にかけてくださるのですか？」

「別にあなただけを特別視しているわけじゃありません。ただ、私はお兄様の力になってくださる方の味方というだけです」

よくもまあぺらぺらと回る舌だと我ながら感心する。実際は依怙贔屓《えこひいき》以外の何物でもないのに。光秀は神妙にうなずくと栗の鉢を片手に襖に向かって声を上げた。

「信長様、明智光秀、ただいま参りました」

襖の向こうから「入れ」と短く声が聞こえた。光秀は私にちらりと視線を送ってから、襖の向こうに消えた。私はすかさず閉じた襖に張り付いて耳をそばだてた。今の私は姫などではなく、ただ、推しを見守る観葉植物になりたい腐女子そのものだった。

＊＊＊

「さっきお市の気配がしたと思うのだが」

「ええ、先ほど部屋の前にいらして、何でも栗を煮たから届けに来たそうなのですが、それが丹波の栗だと聞いて、ぜひ私が代わりにお届けにあがりたいと申し出たのです」

胡坐《あぐら》で向かい合う信長と光秀。胡坐とは言え光秀は背筋をピンと伸ばしていたが、信長は脇息《きょうそく》に肘を置き寛《くつろ》いでいた。そんな信長の前に光秀は栗の盛られた鉢をそっと押し出した。信長は「ほう」と呟《つぶや》くと指で直《じか》に栗を摘まんで口に放り入れた。

「やはり丹波の栗は食いでがある。香りもいい」

「私は信長様のためなら、丹波の栗でも、伊予《いよ》の柑橘《かんきつ》でも、そのお手が望むままに届くように微力を尽くす所存です」

そう恭しくこうべを垂れる光秀を、信長は指を舐《な》めながらやや冷ややかに見下ろして言った。

「俺のためなら方々の敵を征伐するというのか。お前もとうとうおべっかなど言うようになったのだな」

「追従のつもりは」と顔を上げかけた光秀の首元に信長はすかさず扇子をあてて、トントンと軽く叩《たた》いてみせた。私は喉の奥で「ひっ」と悲鳴を上げた。やはり聞き耳を立てるだけでは気が収まらず、ほんの少しだけ襖を開いて中の様子を見ていたのだが、予想外の展開に私は焦るしかなかった。二人の仲を助けようとして、まさか、逆に信長の不興を買うとは。やっぱり一介の腐女子が歴史改変など大それたことだったか。

(この上は私も腹切り覚悟で飛び出して光秀の助命を乞うしか……)

どうあがいてもゲームオーバーを確信している私をよそに信長は扇子の先で光秀の顎をくいと上げる。

「口では何とでも言える。俺は腹の中と舌先の色がまるで違う奴を何度となく見てきた」

光秀は特に狼狽《ろうばい》した様子もなく、真正面から信長の目を見据えて言った。

「信長様が何を恐れているのか存じませんが、どうしても気になるというのなら、この喉から腹まで真一文字に掻《か》っ捌《さば》いて、その色をお確かめください」

光秀がそう言って数拍、真空のような沈黙があった。空気すら凍《い》てついて、私は呼吸も出来なかった。

沈黙を破ったのは信長の溜息《ためいき》だ。

「真面目なのか太いのか。どうにもお前といると調子が狂うな」

不貞腐《ふてくさ》れた子供のような顔をして信長は扇子を光秀の顎から外し懐に収めた。私も息をようやく吐きだした。最早《もはや》、私の頭の中では勝利のファンファーレが鳴り響いている。信長の鋭敏で繊細な精神を、光秀の誠実さと年長者としての懐の深さが包んだ瞬間だ、と。これぞ光秀×信長の醍醐味《だいごみ》。ツンデレ年下上司を優しく受け止める包容力のある年上部下という構図だ。

（やっぱり、この主従のアツい所は、一見『血も涙もなく鬼畜なスーパー攻め様と、心優しくて繊細で真面目な受け』みたいに見えて、実際は『強がって刺々《とげとげ》しいけど中身は繊細な受けと、その棘《とげ》をものともしない鋼の心臓を持った攻め』という、外見と中身のギャップだと思うんです）

つい心の中の私がろくろを回してプレゼンしてしまう。が、そんなことに気をとられている間にも事態はまた思わぬ方向へ転がろうとしていた。

「俺はお前の言うことを信じよう。だがな……」

信長の手がやおら光秀の顎に伸びて、その口元をがっと摑《つか》んで無理やり開かせた。

「もしこの口が俺を謀《たばか》るようなことがあれば、その時はどうなるか……わかるよな？」

信長は鉢の中から蜜煮の栗を1つ摘まむとそのまま光秀の口の中に押し込んだ。

「俺を失望させるなよ」

信長は光秀の顎から手をぱっと離した。光秀は「は！」とひれ伏した。

（……これなんて薄い本？）

受けは強ければ強いほどいい——そう思う私にしてみれば、女王様が下僕に上下関係をわからせるような今のシチュエーションはあまりに尊すぎた。萌《も》えすぎて震えが止まらない。全身鳥肌のフルスタンディングオベーションだ。

それと同時に再確認する。やはり信長の気質はだいぶ尖《とが》っている、と。光秀の忠誠心を試すためなら、その首を斬る素振りを見せるなど、冷静に考えれば、やっていることはやはりほぼ面倒くさい彼女だ。現実なら、女であれ男であれ、近づきたくないタイプだが、不思議なもので、これがゲームのキャラとなると途端に愛せてしまう。むしろ2次元の男に限っては、性格は尖っていれば尖っているほど魅力的だ。その鋭さこそ、磨き抜かれた刀のように一種、芸術品に見える。

（一番面倒くさい……というかこじれているのは、ひょっとして私じゃ？）

意識的にこめかみを指で強く叩き、思考を強制終了させる。

襖の向こうの空気からは、いつの間にかひりつくような気配もすっかり失《う》せていた。

「しかしまあ、今から丹波や丹後《たんご》の話をするというのは一足飛びすぎるな。そこに至る前に、俺たちには片づけるべきことが多すぎる」

信長の言葉に光秀は「ええ」と頷《うなず》く。

「わかっていると思うが、若江の三好も長島の一向一揆もしょせん些事《さじ》にすぎん。お前を動かすほどのことでもないと思っている。問題はその先よ」

「……甲斐《かい》の武田《たけだ》ですか」

「わかってるじゃないか」

それからしばらく二人はこれからの軍事的展望や畿内事情について語り合っていた。

私としては、すれ違う二人が腹を割って話すきっかけさえ作れれば、と軽い気持ちでのアシストだったが、これはいい意味で想定以上の結果だったと言えよう。この調子なら本能寺の回避なんて余裕なんじゃないかと、思わず口の端がにやつく。

二人の会話が終わりの気配を見せ始めたところで、私はそっと襖から離れた。

＊＊＊

私が自分の部屋に戻ってくると丁度つなが娘たちにおやつとして栗を与えているところだった。と言ってもまだ赤ん坊の江《ごう》は固形物を食べるわけではなく、初《はつ》も漉《こ》した栗を口に含んだまま寝てしまった。茶々《ちゃちゃ》はいつもの「おませ」がなりを潜め、次から次へと栗を頬張り、つなから諌《いさ》められる始末だった。

唇を尖らせながらも、いつもより上機嫌な彼女は私の手を取って「お外で遊びたい」と言って私の返事を聞く前に走り出した。

「よっぽど栗が嬉《うれ》しかったのかしら」と私が呟けば、「そういえば信長様が金平糖を持って来た時も大層はしゃいでらっしゃいましたね」とつな。茶々は分別のある子だから、庭番の目の届かないほど遠くには行かないとはわかっているが、流石《さすが》に放っておくわけにもいかないので私も茶々のあとを追いかけ城の外に出ていく。

「寒っ……」

城の外は茶色ばかりの冬の枯れ野が広がっていた。城は小高い山の上にあるから、吹く風の冷たさもひとしおで、私は綿の詰まった着物の襟を手繰り寄せた。茶々は私に見せつけるように、少し離れたところで落ち葉をかき集めては、わっと空に放っている。

「茶々様は存外おてんばなのですね」

振り返ると、光秀がいた。これから帰る所なのだろう。

「お兄様としっかりお話はできた？」

「ええ、おかげさまで私の為《な》すべきことが見えてきた気がします」

「武田のこと？」

「おや、聞いていらしたのですか？」

「送り出した手前、少し気になって戻ったのよ。そしたらたまたま聞こえてきて……」

さすがにずっと聞き耳を立てていたとは言いにくい。お茶を濁すように私はそう言った。

さいわい光秀は私の行動理由にはさほど興味がないようだった。

「武田は信玄《しんげん》を病で失ってからというもの、以前ほどの勢いはありません。しかし手負いとは言え、虎は虎。特にあの精強で知られる騎馬隊には三河《みかわ》殿すら痛い目を見た。無策では戦えますまい」

光秀は茶々のいる枯れ木の林の方に目を向けた。山肌を覆う赤茶けた裸樹《はだかぎ》の数々。葉を落とし精彩こそ欠くが、幹は変わらずいかめしく、枝は鋭く広がっている。それが光秀の目には武田の精強な騎馬武者軍団と重なって見えているのかもしれない。

光秀が口にした三河殿とは徳川《とくがわ》家康のことだ。信長の盟友であり、彼の率いる三河武士の強さは信長も大いにあてにしている。しかし、その戦上手な家康ですら、三方ケ原《みかたがはら》では武田信玄に蹴散らされているのだ。光秀が慎重になるのも無理はない。ただ、現代人の私は、織田と武田の対決——長篠合戦の結果を知っている。

「精強な騎馬武者といえども鉄砲を雨の如《ごと》く降らせれば、ひとたまりもないのでは？　それに家康様こそ、きっと雪辱を強く望んでいらっしゃるでしょう」

長篠合戦で鉄砲が有効に使われるのも、信長に味方する徳川方が奮戦するのも教科書でよく知ること。だから、私にしてみれば、この言葉は光秀への激励に過ぎなかった。

光秀は呆気《あっけ》にとられたような顔をしたが、すぐに何か会心したようにうなずいた。

「やはりお市様は信長様の妹君なのですね」

光秀の言葉に、私は内心苦笑する。ゲームのお市は健気《けなげ》ではあっても、もう少し奥ゆかしかったはず。少なくとも戦をけしかけるようなたちではない。

「お母さま！　あけちさまとばかりお話ししてないで、私と遊びましょう」

いつの間にか茶々が足元にいて私の着物を引っ張っていた。光秀が申し訳なさそうに茶々の目線までかがんで言う。

「お母君を長くお呼び止めしてしまい、申し訳ございません。では、私はこれで」

光秀は深々とお辞儀をすると城門の方へと去って行った。横目に見たその瞳には澄んだ冬空のような光があった。その冴《さ》えがあと1年半保てばいいのだが。今は天正元年。長篠合戦は天正3年6月。光秀の久々の大いくさまでまだ1年以上の時間があった。

5章　お市と壱子

「……市《いち》様。お市様〜」

「……ん？　お母さん？」

私を覗《のぞ》き込むぼんやりとした人影。呆《あき》れたような、でも優しさの籠った声。私はそこに懐かしい人の面影を見た気がした。

「残念ながら母君ではございません。つなですよ、つな」

目ヤニのついた瞼《まぶた》をこするとそこには困り顔のつながいた。これは少し、いや、かなり恥ずかしい。

「え？　あ、あれ……？」

「もうすっかり起きる時間ですよ。もしかして夜更かしでもしていたのですか？」

そう言ってつなは私に洗顔用の水の入った桶《おけ》と手巾《しゅきん》を差し出した。水で顔をすすぎながら、私はぼんやりと思う。つなと母の声って、けっこう似てるなと。二人とも、少し鼻にかかったような柔らかな声音なのだ。それにしても母親と他人を勘違いするなんて、こんな経験は生まれて初めてだった。思い出すにつけ、恥ずかしさで頭に血がのぼってくる。

「え？」

いつものように髪を櫛《くし》で梳《す》いてくれているつなが素っ頓狂な声をあげた。首筋まで赤くなっていたのだろうか。

「どうしたの？」

「お市様の御髪が、短くなっております」

「髪が短く？」

「はい、昨日梳いた時に比べて、1寸、いや2寸ばかり短くなっているかと」

そう言われてもピンと来ない。藤芳壱子《ふじよしいちこ》の髪は元々、肩につかない程のボブカットで、お市の腰より長い髪は今なお自分のものという実感がなかった。しかし、1寸といえば約3センチ、6センチはそこそこの長さだ。自分でも髪を一束とって確かめてみる。言われてみれば、腰の中ほどまであったはずの髪が腰の上まで短くなっている。

「こんなの、よく気付いたわね」

「そりゃ気づきますとも。毎日、お市様の髪を梳いているのですから！　いいえ、そんなことより、これは一体どういうことでしょう？」

つながが慌てふためく。こんなことが以前もあったような。

「また、付喪神のしわざとか？」

以前、私の薄紅色の髪留めがなくなったことがあった。髪留めは相変わらず見つかっていない。

「持ち物がなくなるのはともかく、髪の毛はお市様のもの。勝手にどこかに行くことはないでしょう。まさか今度こそ物盗《ものと》り？　たしかにお市様の美しい黒髪なら、さぞ上等のかつらになるでしょうが……」

髪を盗り、かつらとする——私の頭の中で、羅生門《らしょうもん》のばばあが私の夢枕に立ち、髪を奪っていく画が浮かぶ。

「いやいや、かつらにするのに2寸は無理があるでしょ」

手に取った髪の束は、言われてみれば毛先が太く、切りたてのよう。しかし、長さは綺《き》麗《れい》に切り揃《そろ》えられていて、乱暴な物盗りの仕業というにはやはり違和感があった。

「物《もの》の怪《け》の仕業か……もしや、お市様に恨みのある者の仕業？」

「髪を切るなんて、どんな回りくどい嫌がらせよ」

嫌がらせにしてはあまりに実害がなく、私は思わず苦笑してしまう。しかし、続くつなの言葉は思いがけないものだった。

「嫌がらせではなく、呪いに使うためではないかと……たとえば、丑《うし》の刻参りの藁《わら》人形には、恨む相手の髪や爪を混ぜると聞きます」

「藁人形って……いや、でもそんな恨まれる覚えなんてないけど」

「そ、それもそうですね……織田《おだ》家家中にあって、姫様をお恨み申し上げる者がいるとは思えません。今のはつなめの戯言《たわごと》です。どうかお忘れください」

少なくともこの織田家の中で自分と利害関係にある人間はいない。侍女たちとの関係も良好（だと少なくとも私は思っている）だから、怨恨を買っているとは思えない。とすると、犯人は家の外だろうか。

「もしかして浅井《あざい》の残党……？」

「まさか。お市様が織田家に戻られたのは当然のことであって、お市様を恨むのは筋違いです。それにもし恨むなら、そのお相手はお市様ではなく、まず信長《のぶなが》様でしょう」

たしかに、信長は今や多くの者に危険視され、恨まれる立場だ。それこそ一向宗《いっこう》の坊主たちならとっくに信長を呪殺する祈禱《きとう》を上げていてもおかしくはない。とすると、妹の私も同じく呪詛《じゅそ》の対象だったりするのだろうか。

「……さすがに今回は髪留めと違って、うっかり失《な》くしたというわけではないでしょうし、番の者を増やしていただくようお伝えしましょう」

「そうね……」

つなは慌ただしく、部屋を出て行った。朝からどっと疲れてしまった気がする。少し切られた髪を弄ぶ。不気味な話のはずだが、この長い黒髪が自分のものという実感がないせいか、どこか他人事《ひとごと》だと思っている自分に気付く。むしろ、2寸も切られても気づかなかった自分の熟睡ぶりに感心すらする。こんな風にどこまでも呑気《のんき》なのは、少なくとも本能《ほんのう》寺《じ》の変が起こるまで、お市の身は安全だという知識があるからだろう。呪いに苛《さいな》まれたなんて、私が知る限り史実にもゲームにもない話だ。

＊＊＊

間もなくつなが戻って来た。さっそく、今晩から城の夜廻《よまわ》りの数を増やすとのことだ。

「これで不届き者が捕まればいいのですが……」とつなは髪梳きを再開しながら言った。

「不届き者といえば、若江《わかえ》の三好義継《みよしよしつぐ》は自害なされたそうです。早々に将軍・義昭《よしあき》は逃亡し、兵士たちの士気は低く、寝返った者たちがこちらの兵を城に通したのだとか」

光秀《みつひで》と立ち話をしてから早十日。私の知る歴史の通り、若江城の合戦は織田軍の勝利で終わったということだ。

「これで石山《いしやま》に攻め込むための橋頭堡《きょうとうほ》が確保できたのね」

私が呟《つぶや》けば、つなは意外そうな顔をした。

「石山……本願寺《ほんがんじ》ですか？」

「一向宗とはいずれ決着をつけなければならないでしょう？」

「たしかにそうですが……」

「何か気がかりでも？」

「いいえ、お市様はこの所、戦のことをよく口にされるなと。以前はあまりそのような事はお話しにならなかったというか、むしろ避けているように思いましたから」

仮にも姫君なのだから、今日の天気や、季節の花、古典や芸能事について興味を持つべきなのだろうが、どうしたって藤芳壱子の関心事は信長や光秀の活躍する戦場のことになってしまう。

「私は、そんなに戦の話を避けていた？」

「それは……浅井にいて戦の話をするというのは、実家である織田家との戦いのことに他なりませんでしたから。姫様はどちらの顔も立てるために、口をつぐんでいたように思います」

実家と嫁ぎ先が殺し合いの戦争をするというのは、今さらだがとんでもない状況である。戦国では珍しい事ではないとはいえ、私にはその心中など察しえない。

「……だからこそ、その板挟みから解放された今はこうしてよくお話しになられるのでしょう。浅井にいた時のように、日記をつける事も今はおやめになってしまったようですし」

思わず「日記？」と訊《き》き返したくなるのをこらえて、私は言った。

「……そういえばあの日記、どうしたかしら？」

藤芳壱子がなり替わる以前の、本物のお市。本当にそんなものがいたのか、そういう存在がいたという設定なのか、どちらにせよ彼女の為人《ひととなり》を知っておくことは私にとって損ではなさそうだ。

「小谷《おだに》城から身の回りの品は一通り持って来ております。日記もいずれかの長櫃《ながびつ》の中に入っているはずです。すっかり忘れていたあたり、春物のお召し物と同じ場所に保管してしまったのでしょう。よろしかったら、探してきましょうか？」

願ってもない申し出だ。「ぜひ、お願いします！」と言いたいところを私は勿体《もったい》ぶって言った。

「お願いできる？　たまにはあの城での日々を思い出すのも悪くないと思うの」

髪梳きを終えてから、つながが6冊の冊子を持って来てくれた。私は早速そのうちの1冊を読み始めた。

＊＊＊

永禄《えいろく》十一年如月《きさらぎ》某日

「垂井《たるい》は梅の花が盛り。夕闇の向こうからも馥郁《ふくいく》たる香が流れ込んできます。明日はいよいよ近江《おうみ》の浅井との華燭《かしょく》の儀。今宵《こよい》が織田のお市として最後の夜と思えばこそ、つなに筆と紙を持って来させ、こうして思いの丈を綴《つづ》っています。

なんて、堅苦しく書き出してみたけど、これじゃダメね。全然筆が乗らない。だから新しくつけ始めたこの日記もいつもの調子で書いていくことにする。

今私が思う事は大きく二つ。一つは、結婚への期待。佐治《さじ》殿に嫁いだお犬姉《いぬねえ》のように、やっと私も織田家の人間として使命を果たせる。近江は都に近い分、彼の地を治める浅井家との関係性は重要になる。とすれば、両家を結ぶ私の役目は重要よね。お兄様のためにも絶対、うまくやるつもり。そのためにつなと七面倒な嫁入りのためのお稽古もお勉強も散々やったんだから、向こうの姑《しゅうとめ》にも舅《しゅうと》にもケチなんてつけさせないわ。

そしてもう一つ。一行前と早速矛盾するけど、ぶっちゃけ私は浅井長政《ながまさ》という男が気に食わない。この男の名前を初めて知ったのは、たしか三年前。その時も婚姻の話が出たけれども、まさか向こうからこの話を蹴ったのよ。その頃、織田はまだ美濃《みの》を平定していなくて、浅井は隣接する美濃の斎藤《さいとう》家の顔を伺って織田と同盟を結ぶことに慎重になっていた。それが、お兄様が斎藤家を降《くだ》した途端、態度を変え、一度は破棄した婚姻の話を蒸し返してきた。

君子豹変《ひょうへん》す、とも言うし、抜け目ないのは結構だけど、流石《さすが》にあざとすぎるってものじゃない？

浅井長政。顔も知らないけれど、きっと小才ばかり利く、猿みたいな男なんでしょ。猿と言えば、お兄様は最近、秀吉《ひでよし》とかいう部下を猿と呼んで重宝がっているけど、私はあの男も好きじゃない。顔が好みじゃないし、生理的にも無理。

だけど敬愛するお兄様のためと思えば、私は猿とでも狒々《ひひ》とでも結婚するわ。尾張《おわり》を発《た》つ前もお兄様は私に言ってくれた。『浅井家において、お前は俺の代理人、いや、俺そのものだ』と。私はお兄様の代わりとして、浅井の手綱をしっかりと握らなきゃならない。そして織田に噛《か》みつかないようきっちり躾《しつ》けてやるつもり。

不思議ね。文章にすると、いつも以上に勇ましい言葉ばかり書いてしまう。ひょっとしたら、そういう言葉で自分を勇気づけているのかも。なんせ小谷にはお兄様も知り合いも殆《ほとん》どいない。つなをはじめ、数人の侍女だけだもの。

明日は早朝から浅井の者が迎えに来るとか。欠伸《あくび》で迎えるわけにもいかないので、今日はここまで。お休みなさい。

（これから毎日この日記をつけていくつもりだけど、三日坊主だからあんまり自信ない）」

＊＊＊

永禄十一年如月某日
「毎日つけると言った矢先、早速、一日あけることになった。けれど華燭の儀で精も根も尽き果てていたのだから、それぐらい許して。というわけで、今日は、昨日の事も含めて書き記しておく。
昨日は、早朝から迎えに来た浅井の使者とともに臥竜山《がりゅうざん》を横目に姉川《あねがわ》を越え、とうとう小谷の城下町へ。輿《こし》に乗って御簾《みす》越しではあったけれど、清州《きよす》よりも街並みが発達して、行商の数も多く見えた。近江の方が都に近いから仕方ないのだけど、ちょっと負けた気分。

浅井の館は清水谷《きよみずたに》と呼ばれる浅井家臣たちの邸宅が並ぶ地区の最奥だった。

私はすぐには浅井長政の顔を見ることなく、屋敷《やしき》の北の座敷《ざしき》に通された。そこでつなに手伝ってもらって花嫁衣裳《いしょう》に袖を通した。この日のためにあつらえた幸菱《さいわいびし》の白い裲襠《うちかけ》。

私の姿を見て、つなは『天女のようでございます』なんて目を潤ませた。いつもの大袈裟《おおげさ》が始まったと思って私は苦笑したが、本当のことを言えば、私も鼻の奥がツンとしていた。

そしていざ、祝言の席についたのだけど、直前のつなとの会話はよく覚えているのに、この時のことはほとんど覚えていない。やっぱり緊張していたみたい。でもつなが言ってくれた『天女のよう』というのはあながち世辞じゃなかったのね。私を見るなり、浅井家の人々が息を呑《の》んだのがわかった。こういうのは舐《な》められたら終わりだから、初対面でこの印象付けは悪くなかったはず。そう、思いたい。

ただ、面喰《く》らったのは向こうだけじゃなかった。私も、隣に座る男の顔をちらりと見た時、言葉を失ってしまった。浅井長政は猿でも狒々でもなかった。光に満ちた鋭い目、体中から発せられる潑溂《はつらつ》とした精気。しいて動物にたとえれば猛禽《もうきん》のような。同じような印象を与える人物を私はこれまで一人しか知らない。

長政は私の方を向き、破顔して言った。

『一目見て確信した。我らはよき夫婦になれるだろう』と。

私は『同じことを思っていました』とか言ったと思うけど、正直、よく覚えていない。ただ、この人なら、お兄様とともに天下を獲《と》るに相応《ふさわ》しい、と直感的にそう思った。お兄様の目は天を、常に高みを目指し輝いている。この人の目も同じ。お兄様は天下人の器だけど、いまだその手足は尾張から美濃に伸びたばかり。けれど、この隼《はやぶさ》のような男が兄をさらに天に近づけてくれるに違いない。

私はその晩、長政と夫婦の契りを結んだ。私はお兄様の代理人で、お兄様そのもの。そう思えばこそ、私はより強く長政と繋《つな》がっているべきなのだから。それで、今日は日がずいぶん高くなってから起きることになってしまった。まだ体がずんと重い。

本当は浅井の侍女に館を案内してもらうつもりだったけれど、それは明日にした。だから今日はあまり書くことがない。やっぱり、日記は特筆することがあったときだけの方がいいのかも。

誰に見せるわけでもないけれど、お休みなさい」

＊＊＊

永禄十一年弥生某日

「今日は美濃のお兄様から贈り物が届いた。流行の辻《つじ》が花の染模様が散った茜色《あかねいろ》の着物や、金糸の縫い取りが鮮やかな帯。きっとお義姉様《ねえさま》の見立てね。やはりあの方は目が肥えていらっしゃる。贈り物は他にも、季節の果物に長良川《ながらがわ》で獲れた魚など。どれも立派なものばかりで心躍るけれど、もちろん、この贈り物が単なる贈り物に留まらないことぐらいは心得ている。

浅井の侍女が席を外したのを見計らって、贈り物を届けてくれた織田の使者が私に耳打ちした。『朝倉《あさくら》に動きなし。六角《ろっかく》も同じく』つまり近江の有力者たちの動向だ。私も、あらかじめ用意していた小さな紙きれを使者に手渡す。そこには屋敷の中で見聞きしたことがまとめてあった。たとえば、長政の父親・久政《ひさまさ》は朝倉との関係を重視している、など。これこそ私がこの家に来た意味だ。浅井家の動向をお兄様につぶさに報告する。もちろん、長政様含め浅井の者も私の役目は承知しているから、目立ってボロは出さないだろうけど、少なくとも今の所、浅井に不穏な動きはない。このまま何事もない日々が続けばいいと思うし、きっとそうであると私は信じている。

長政様はことあるごとにお兄様を立派だと言ってくれる。斯波《しば》氏の一家臣でしかなかった織田の家に生まれ、身内を倒し、城を盗《と》り、果ては国まで盗った男。実力によって道を切り拓《ひら》いたその姿に共感を覚えると。長政様も安定と停滞より、革新と変化を好む。きっと二人は気が合うに違いない。

お兄様と長政様が直接会って手を取り合う、近頃、私はそんな日を夢見てはひとり悦に入る。たまにつなかからは『何を笑っていらっしゃるのか』と不審がられているから、ほどほどにしないとだけど。

そうそう、贈り物の着物を来て、長政様に見せたら『伊吹山《いぶきやま》より先に春が来たようだ』と言ってくれた。ありがとう、お義姉様。お返しに何を贈ろうかしら」

＊＊＊

永禄十一年水無月《みなづき》某日

「昨日の晩、閨《ねや》の中で長政様が『義昭公は信長殿の力を借りて上洛《じょうらく》するつもりだ』と言った。『そのために既に美濃に向けて出発した』とも。義昭は次期将軍と目されている人物で、織田家としては吉報のはずだけど、私は少し不安になった。義昭は元々、朝倉家を後ろ盾にしていたはず。しかしそれが朝倉を見限り織田を頼る。これを浅井が良しとするのか。浅井と朝倉の縁は、織田とのそれよりも旧《ふる》く深い。浅井家としては手放しで喜べるだろうか。

『義昭公は正しい選択をしたよ。朝倉の年寄りどもに将軍を奉じて京に乗り込む気概なんてないからな』

そう言いながら長政様は私の髪を弄んだ。私の杞憂《きゆう》などお見通しだったのだろう。『俺も信長様に助力するつもりだ』と長政様は私の目を見てはっきりと言った。義昭上洛の最大の障害は近江守護の六角氏だ。つまり長政様は六角との戦いで織田につくと言ってくれているのだ。

『俺は昔、六角の家臣の娘を嫁にもらうはずだった。だが、婚姻の日に初めて見たその娘の黒目は、鉛のように鈍くてな。まるで楔《くさび》みたいだと思ったんだ。俺を六角の足元に留《とど》めるためのな。だから俺は彼女をその日のうちに実家に帰らせた。もし、お前も似た目をしていたら返すところだった』

長政様はそんなことを言った。『じゃあ、私の目は？』と訊《き》けば『まるで春雷のようだった』と。

『お前の瞳に俺は信長殿を見た。障害となるなら兄弟も殺し、襲い来る大国に臆することなく、逆にこれを侵略する。何者にも屈せぬ乱世の申し子。手を組むならこの人だろうと』

熱っぽく語る長政様が愛《いと》しくなって、私は自分からその太い首に腕を絡めた。やはり、お兄様にはこの人が必要だ。今ではお兄様には優れた家臣がごまんといて、私やお義姉様もいるけれど、それでも肩を並べる盟友はいない。織田の家督を継いだ時から孤独に戦ってきたお兄様に必要なのは、志を同じくする同朋《どうほう》のはず。

夜はあっという間に更けて、私は遅い朝を迎えた。どうにも最近、目覚めが悪い。この頃の蒸し暑さのせいだろうか。お兄様は恙《つつが》なく過ごしていればいいのだけど」

＊＊＊

永禄十一年葉月某日

『今日、佐和山《さわやま》で信長殿と会った』と長政様は言った。夕餉《ゆうげ》の席で、湯漬けをかき込みながら、こともなげに。私は一瞬、聞き流しそうになった。

『信長殿はいよいよ義昭公を奉じ、都に上洛する。その打ち合わせさ』

手放しで喜べなかったのは、先日、美濃から送り届けられた情報に、六角氏は既に信長と義昭の上洛に、非協力的な態度を示しているとあったから。観音寺《かんのんじ》城を本拠とする六角氏はかつて三好氏と畿内の覇権を争うほどの一大勢力だった。城普請でも城下町の造営でも、先進的な技術や制度を用いて栄え、お兄様もそれに倣っているぐらいだ。今、その勢力は全盛期ほどではないにしろ相変わらずで、織田の覇権をみすみす手をこまねいて見過ごす道理はなかった。

ただ、私の心配など吹き飛ぶような事を長政様は言った。

『信長殿と会うにあたって、家臣たちは俺に言った。今こそ信長の首を獲る絶好の機会だ、と』
啞然《あぜん》としている私の顔を見ると満足したのか、長政様は笑いながら言った。
『見くびるなよ。俺は卑劣漢として後世に名を遺《のこ》す気はない。まあ、誘惑を感じなかったと言えば嘘《うそ》になるがな。手勢少なく堂々とやって来た信長殿の姿を見たら、そんな気は吹き飛んだ。何より、あの方と膝を交え、話し合い、俺は改めて思った。俺も信長殿の切り拓く新しい世を見てみたい。あの方は古いものを壊すだけでなく、その先に何を作るべきか、しかと見据えておられる。そんな目を持つ御仁を俺は他に知らない』
長政様は目を輝かせてそう言った。やっぱり。私の予感は正しかった。長政様とお兄様は、出会うべくして出会った。二人が力を合わせれば天下などあっという間に手中に収めるはず。それからもしばらく長政様はお兄様の事を語り続けたし、そうやって長政様がお兄様への想《おも》いを口にするほど、私の胸は熱くなった。どうか、この幸福な日々が永遠に続きますように」

＊＊＊

(完全にフラグだな……)
もう破滅の未来しか見えない一文を目にして、私は目を揉《も》んだ。ここまで、途中、休憩や食事を挟みながら、ほぼ半日かけて日記を読みふけった。気が付けばもう日はだいぶ傾いている。夜中に文字が読めるほど立派な明かりはこの時代には望めない。今日はここまでだろう。

冊子にびっしりと綴《つづ》られた崩し字を、私は本来、殆《ほとん》ど読むことが出来ない。なかには現代のひらがなとあまり違いのない文字もあるが、たとえばひらがなの「あ」ひとつとってもも「安」と「阿」と「愛」の崩し字がある。これらを自力で判読するとしたら私は1日あっても、日記の1頁《ページ》も読むことは出来ない。

(なのに、なぜか『読める』んだよね……)

そう。この世界に来てからというもの、あらゆる文字は意識さえ集中すれば、どういう原理か、現代語として私の目は読むことが出来た。崩れた文字がグニャグニャと紙の上を踊り、私のよく知っている文字の形を取る。そしてそれは、文字の形だけが整理されたという事ではない。文字が整えられただけなら、それは学生時代の古文の時間と同じことのはずで、已然形《いぜん》だの変格活用だのと戦わなければならないが、そんなストレスもない。つまり、意味においても現代語として私はこの時代の文字が読めた。そしてその逆に、私の書いた文字は、少なくともつなたちの目には、ちゃんと伝わるものとなっているらしかった。

でなければ、手習いも『源氏物語《げんじ》』を読むこともまず不可能だった。

（この世界のあらゆることが、私の知識がベースになっているなら、ここが現実的な落とし所ってことか）

『源氏物語』の内容がわかるのは、子供の頃、漫画化されたものを一通り読んでいたからだろう。他に『平家《へいけ》物語』や『太平記《たいへいき》』、『吾妻鏡《あずまかがみ》』なんかも私は児童向け漫画で読んでいる。どれも教育熱心な父が私に買い与えたものだ。ただ、それらの漫画はもう10年以上は開いていないし、内容も殆ど忘れていたつもりだが、これが脳の神秘というやつか。

言語についても、よくよく考えれば、生まれも育ちも東京の現代人・藤芳壱子が約５００年前の近畿・東海地方の人たちとスムーズに会話出来ていること自体、実は不自然なのだが、それをイケメン武将だらけのこの世界で突っ込んだら負けだろう。やはり所詮これは私が夢見るゲームの戦国時代らしい。

そういったことはさておき、今はその文字で記された日記の内容について考えるべきだろう。

永禄11年の2月、１５６８年にお市が浅井に輿入《こしい》れした時から日記は続いている。何頁にもわたって記述されている日もあれば、日付とともに「今日はこれといって何もなかった」と1行程度しか書かれていない日も少なくない。しかし、最初に三日坊主で終わるかもと断っていたわりには、なんだかんだ、ほぼ毎日つけているのだから立派だ。

私は紙の手帳もブログもつける習慣はなかったし、ＳＮＳにも滅多に呟《つぶや》くことがなかった。その一番の理由は、ずばり面倒くさいからだが、もう1つには、自分の想いをわざわざアウトプットすれば、こうして人目につく可能性がある。魂を曝《さら》け出《だ》すような行為をよくもまあ、出来たものだと感心してしまう。そのお陰で、本来のお市という人物の輪郭がぐっと浮き彫りにもなったのだが。

その人物像について、私は違和感を覚えていた。というのも、この日記のお市はゲームのお市とはだいぶ違う印象なのだ。ゲームのお市は、兄である信長の事も慕いつつ、それ以上に夫・長政に純粋な愛情を向ける、健気《けなげ》で天真爛漫《てんしんらんまん》な女性だ。見た目こそ20代前半の女性としてデザインされているが、性格はどちらかと言えばすれていない10代の少女という印象でもある。でも、日記のお市は間違いなく大人の、どこか情念めいたものを抱えた女性という印象だった。

（夫婦の営みについて書かれているから……？）

現代において、この手の話をブログやSNSで書くのは大体ヤバい女と相場が決まっている。ただ、お市にとって、この日記は他人に発信したり見せたりするつもりはなかった可能性が高い。なので、この安直な決めつけは一旦保留とする。

日記のお市も、ゲーム同様、たしかに長政を深く愛している。でも彼女の長政に対する愛は常に、兄である信長と長政を繋《つな》げる事の手段として存在しているようなのだ。戦国の姫君として、両家を結ぶ使命に燃えるのは当然なのかもしれないが、彼女の熱量は何か尋常ではなかった。しかし、この奇妙な熱が、私には覚えのあるものにも思えた。

「お市様……もしかして、長政×信長ガチ勢だった？」

少なくとも、私のような腐女子であれば、好みの男が二人いればくっつけたくなる。

この日記を読む限り、お市は重度のブラコンだ。信長は織田の家督を継いだが、母や弟、彼らについた旧臣たちを斬り伏せてその地位を確立した。幼少の頃から、その経緯を間近に眺めてきたお市の目に、信長は孤高のカリスマとして映っていたのだろう。そして浅井長政という快男児を見た時、お市の中で何かがうまいこと嚙《か》み合《あ》ったのだろう。

(孤独な天才には、包容力のある男をくっつけたくなるんだよね……)

長政と信長のカップリングを成立させせんと意気込むお市の気持ちも私にはわかる気がした。

ただ、大好きなお兄様の相手に相応《ふさわ》しいと思うほどには、お市も一目見た時から、長政を深く愛していたのだろう。長政×信長と、お市自身の長政への想い。カップリングと自身の恋心が共存しえるのかと問われれば、全然できる……と思う。腐女子の中には、受けと自分を重ね合わせて、間接的に「攻めに愛される自分」を楽しむ人も少なくないのだから。これは少女漫画や乙女ゲーの主人公に自己投影するのに極めて近い。いわゆる夢女子の素養も持っているハイブリッド腐女子だ。お市にとって、長政から信長への敬愛や協調は自分への愛情に思えただろうし、逆に長政から自分への愛情は、自分の後ろにいる兄への愛情にも思えた。二重の意味でお市は長政を愛していたんじゃないだろうか。

（まあ、全部憶測だけど）

ここにお市がいたら、ぜひ話がしてみたいと思った。多分、他カプを許さない強火な女の気がする。面倒くさそうだけれど、そういう凝り性なオタクの語りを聞くのは面白い。

でも、そんな一途《いちず》な人にとって、ここから先の歴史は決して楽しいものではなかったはずだ。私は、積み上げられた6冊の冊子に視線を投げかけた。今まで読んでいた1冊は読みかけの頁を開いて、いまだ未読の5冊の塔の上に屋根のように載っけていた。

その読みかけの1冊が、するりと滑り落ちた。

「誰⁉」

私は思わず、声を上げた。襖《ふすま》の向こうに質量のある何者かがいる、その直感は正しかったらしく、私の声に何者かは動揺し、足音を立てた。だが、動揺したのは私も同じで、

（もしかして、髪切り犯？　人を呼ばなきゃ。いや、間に合わない。何か武器を……）と、まとまらない頭を叱りつけながら、何とか懐の護身刀を握りしめるのが精いっぱいだった。

「……ご寝所をお騒がせしてしまい、申し訳ございません」

襖の向こうから聞こえたのは、覚えのある低い声。私は刀を握る手を緩めた。

「……もしかして勝家《かついえ》？」

「は。信長様から城の警備を仰せつかりましたので」

まさか番兵として鬼柴田《しばた》を寄越すとは。たしかに勝家なら、どんなおっかない強盗が来ようと退治してくれるだろうが、勝家ほどの家臣にわざわざ警備員のような真似《まね》をさせるなんて、それこそ正しい意味で役不足だろう。

「あなたをお守りに寄越すなんて、お兄様もとんだ心配性ね」

私は襖を開けて、そう言った。襖戸の向こうで勝家は律儀に平伏《ひれふ》していた。

「お、お市様……そのような格好で出歩かれるのは……」

勝家は一瞬顔を上げて、すぐにまた平伏して言った。たしかに今の私は寝巻の着物だ。パジャマ姿を身内以外に見せるのは、言われてみれば小恥ずかしいが、勝家は、わざわざ自分のために寒い夜に寝ずの番をしてくれているわけで、それに直接お礼を言わない方がよっぽど居心地が悪かった。

「別に部屋の外に出るわけじゃない。それより勝家にお礼を言いたかったの。こんな時間までありがとう」

「……自分などには、勿体《もったい》ないお言葉です」

私は平伏している勝家と視線を合わせるようにしゃがんだ。そして恐縮しきっている彼の緊張をほぐそうと少し短くなってしまった髪の毛を弄んでみせながら言った。

「まったく、髪を切るなんてどこの阿呆《あほう》の仕業かしら。呪詛《じゅそ》の道具にするのか、ただの嫌がらせのつもりか、何でもいいけど、言いたいことがあるなら直接言えばいいものを」

「呪詛ですか？」

勝家が困惑の眼差《まなざ》しで私を見た。

「つなが言ってたの。犯人は、私の髪を藁《わら》人形に混ぜて丑《うし》の刻参りでもするつもりじゃないかって。恨まれる覚えはないけど、お兄様には敵が多いし、私も、一向宗の坊主たちから呪われるぐらいあるでしょうね」

「まさか……お市様を恨むなど、見当違いもいい所。そのような不逞《ふてい》の輩《やから》がいるとすれば、自分が必ず息の根を止めて進ぜます。ですから、どうかご安心ください」

神妙に返す勝家。その生真面目さに私は少し笑ってしまう。

柴田勝家、誠実や実直という言葉を絵にかいたような男。史実でもゲームでも、本能寺の変のあとでは、お市と結婚し、秀吉と争い、そして破れる。ただ史実ではいざ知らず、ゲームだとお市との恋愛描写は乏しく、このふたりは織田家存続のための同盟関係のように描かれている。お市はあくまで長政ひとりを愛していたというキャラ付けなのだろう。勝家も、お市に対しては妻というより仕えるべき姫君であり、自分はその姫を守る騎士というようなスタンスだった。

2次元でなく3次元なら、見た目も性格も一番好ましいと思うのがこの勝家だった。2次元では線の細い美丈夫もいいが、現実でそういう男性を見ると「殴ったら骨折れそう」とか「肉を食え、肉を」と思って敬遠してしまう。そして内面についても、2次元の男はこじれているぐらいが愛着もわくが、現実は別だ。面白みがなくても、実直こそ美徳だろう。

つまるところ、私の3次元の男に対する趣味は勝家のような『誠実なマッチョ』なのだが、私はそんな自分の嗜好《しこう》をどこか呆《あき》れて見ている。というのも、『誠実なマッチョ』とは肉体的には成熟しているが、精神的には子供のように無垢《むく》である、そういう存在で、女性に置き換えれば『巨乳ロリ』みたいなものだろう。異性に抱く身勝手な幻想そのままだ。ただこれもテレビの画面越しの俳優とかに対する嗜好であって、実際に付き合う対象としての異性の好みではないのだけれど。

「お市様？」

押し黙っている私を怪訝《けげん》そうに勝家が見つめる。まさか「実質、巨乳ロリ」とか思ってたとは言えないし、言ったところで何も通じないだろう。私はそんなくだらないことを思っていたなどとはおくびにも出さず、勝家に微笑《ほほえ》みかける。

「ええ、そうね。怖いことなんて何もない。織田には勝家をはじめ優秀な家臣が多くいるもの。神仏に仕えながら、他人の不幸を祈ってる罰当たりどもなんて、さっさと討ち取ってくれるでしょうね」

「は！　必ずや！」

深々とこうべを垂れる勝家に「おやすみなさい」と告げて、私は襖を閉めた。寝床の横には崩れた日記の塔が見えた。

＊＊＊

永禄十二年睦月《むつき》某日

「筆を取るのは四日ぶりね。二日前、初めて我が子を抱いた時の感触は、今でもこの両手にずっしりと残っている。赤子の体は思っていたよりも大きいけれど、やっぱり小さくて、おくるみ越しでもその体の温かさが伝わってきて、もう愛しいったらなんの。

今はつなと乳母たちがあやしてくれている。私も娘も健康そのものだけれど、私はさすがにまだ床からは出られない。時々、執務の合間に長政様が娘と私の様子を見にやってきてくれる。

出産直後の長政様の喜びようといったら。雄たけびが小谷の山中にこだましたんじゃないかってぐらい。私の体に障るから、とつなや産婆たちが怒りだす始末。

早速、美濃のお兄様たちからお祝いの品も届いていると聞くし、小谷は一足先に春を迎えたみたい」

＊＊＊

永禄十二年師走某日

「今日は久しぶりに舅《しゅうと》の久政様が屋敷《やしき》にいらした。目的は生まれて間もない万寿丸《まんじゅまる》の顔を見るためで、舅は万寿丸を持ち上げるなり頬ずりを始めた。案の定、万寿丸は大声で泣きだした。寝たばかりの赤子を起こす舅をぶん殴りたい気持ちに駆られつつも、男児の孫に対する舅のはしゃぎようもわからなくもない。私自身、まさか今年だけで茶々《ちゃちゃ》に続き、この子まで産むとは思ってもいなかった。

『万福丸と万寿丸がいれば浅井家は安泰じゃ』

舅は満面の笑みでそう言う。本当にそうなのだろうか。先日、万寿丸の出産祝いを持って来た実家の使者は、お兄様と義昭公の関係がいよいよ悪化していることを伝えてきた。一年前、義昭はお兄様に泣きついて何とか上洛《じょうらく》させてもらったくせに、今や、諸将にお兄様討伐を唆す文をバラまいているとか。あの恩知らずのボンクラの事を考えるほどにはらわたが煮えくりかえる気分だけど、厄介なことに、義昭が信長討伐を呼び掛けた相手の中には、浅井の盟友、越前《えちぜん》の朝倉氏もいるとか。

朝倉が織田と対決する姿勢を見せた時、浅井は朝倉と織田、一体どちらにつくのだろう。

長政様ならきっとお兄様との関係を大切にしてくれる。しかし、舅の久政はきっと……

やっぱり、あの爺《じじい》、殴り倒しておけばよかったか。出来もしない事だけど。そういう空想も許されるのが日記というもの。日記と夢の中ぐらい、自由に想像を羽ばたかせていたいものね」

＊＊＊

永禄十三年卯月《うづき》某日
「『織田信長が三万の兵を率い、越前の朝倉に攻め込んだ』
私がこの事を知ったのは、つなからでも織田の使者からでも、まして長政様からでもない。浅井家の侍女の噂話《うわさばなし》をたまたま耳にしたから。朝倉は、常々お兄様に反抗的な態度だったから、今回の朝倉征伐、それ自体には決して驚くところなんてなかった。
問題は、長政様がこの件について私に何も言わなかったこと。それどころか、私をこの手の話題から遠ざけ、かやの外に置こうとしている、その態度よ。
どうして私に隠し事をするの？　長政様はお兄様の盟友で、私はそのお兄様の代理人。つまり私に隠し事をするのは、お兄様に隠し事をしているに等しい。長政様、まさかあなたはお兄様を裏切るというの？　こんな事、書くのも恐ろしいけれど、もしそうなら、私はあなたを[redacted]（墨塗になって読めない）」

＊＊＊

永禄十三年卯月某日

「『金ヶ崎《かねがさき》城を陥落させた織田軍に対し、長政様率いる浅井軍が進軍。このまま行けば織田軍を挟撃することになりましょう』

つなは真っ青になって報告しに来たけれど、私はさして驚かなかった。朝倉に進軍した兄・信長の後背を浅井が襲う。つまり、浅井家は織田ではなく朝倉についた。

朝倉派の舅をはじめとする老将たちに押しきられたのか、長政様自身がお兄様の実力を見限ったのか。どちらにせよ、織田と浅井の同盟関係がついえた事実だけは変わらない。

先日も閨《ねや》で私を愛していると言ってくれたのに。私を愛するということは、お兄様のことも好いてくれているということのはずなのに。長政という男を、私はずっと見誤っていたのだろうか。

お兄様ごめんなさい。私は、二人の紐帯《ちゅうたい》としての役目を全うできなかったみたい」

＊＊＊

天正元年葉月某日

『義景《よしかげ》殿が死んだ』と、闇の中で長政様が言った。一乗谷《いちじょうだに》で敗走した朝倉義景は身内の景鏡《かげあきら》を頼り、しかし、景鏡は義景を討つとその首を信長に差し出したのだと。生き残るためには身内でもなんでも売る。決して珍しいことじゃない。それにお兄様は前々から周到に、朝倉の諸将に寝返りを促していた。それらの工作が結実したのだ。

私はなんだか愉快な気持ちになって体を起こし、長政様を見下ろして言ってやった。

『時流を読みそこないましたね。もうあなたにお味方は一人とおりません』

ざまあみろと、いっそ逆上して殺しでもしてくれればいいと。そんな思いがないまぜになって、要はやけっぱちだったんだと思う。けれど、長政様は怒るでも悲しむでもなく、真《ま》っ直《す》ぐに私を見上げて言った。

『いや。俺はこの時をこそ、待っていたのかもしれない。俺は、実は悔しかったのだ。佐和山で信長殿と会って言葉を交わした時、この御仁には敵《かな》わない、そう思ってしまったことに。俺はこのままでは、この人と同じ場所に並び立つ事などできない。一歩下がった所から見上げることしか出来ぬ、と』

絶句する私に、長政様は照れたような、困ったような笑顔を向けて言った。

『俺が信長殿と並び立つためには、こうするしかなかったのだ』

私は決して見誤っていたわけじゃなかった。この人はたしかに、誰よりも織田信長に相応《ふさわ》しい男で、お兄様への想《おも》いは本物だった。この事実に喜ぶ私がいて、でも、絶望する私もいた。その私は長政様に訊《たず》ねる、『私は連れて行ってはもらえないのですか？』と。

案の定、長政様は首を横に振った。

『最早《もはや》ここから先は俺の意地だ。お前を巻き込むわけにはいかぬ。間もなく小谷は戦場となる。その時、お前は娘たちを連れて信長殿の所に帰れ』

長政様はお兄様と雌雄を決するために命を懸ける。私のために生きるという選択はしなかった。その事実がこんなにも苦しいなんて。

長政様は私の下から這《は》い出《で》ると、着物の中から短刀を取り出し、私に差し出して言った。

『俺のために子供たちを守ってくれ』と。逆らいようのない言葉だ。

そして私は約束通り、今から娘たちと城を出る。

さようなら小谷。さようなら、□らしくて、□□しい□（にじんでいて読めない）」

＊＊＊

（重いなあ……）

戦国時代の悲劇のヒロインの愁嘆。約6年分の集大成。私がその最後の頁《ページ》に辿《たど》り着《つ》くまで、日記を読み始めてから1週間がかかった。1行程度しか書かれていない日も多く、体調の悪い日など、日記の書かれていない日もあったが、それでも他人様のほぼ毎日の記録を読み続けるのは、体力的にも精神的にも消耗した。どんなに頑張っても1日に1年分読めるかどうかという所だ。そして短期間にお市の6年間を追ってわかったのは、平和だったのはせいぜい輿入《こしい》れしたその年と翌年までで、残りの4年は波乱と苦悩に満ちていた。

日記でも書かれていたが、1570年4月、金ヶ崎の戦いで浅井が朝倉につき、織田を裏切ったのがお市にとっての悲劇の始まりだ。しかし、そういった歴史的な記述よりも私には興味深いことがあった。

（お市の中で『長政×信長』ガチ勢のお市と『長政×自分』の乙女お市がセルフ解釈違いを起こしてる！）

信長と並び立つために、あえて、信長に挑むと言った長政は長政×信長派のお市にとっては100点満点の解答だろう。けれど、長政をひとりの男として愛していたお市にしてみれば、長政が自分との関係よりも信長との関係を重視し、そこに殉じたというのは受け入れ難《がた》いものだったに違いない。

（でもそも、この日記に書かれていることを鵜呑《うの》みにしていいのだろうか）

日記では長政が信長を裏切る理由が、信長と並び立つためと書いてあるが、これは史実にもゲームにもない話だ。ゲームだと長政は単純に、朝倉との旧《ふる》い縁を大切にしたという描写だし、実際の歴史なら、もっと現実的な理由――つまり、義昭が主導した包囲網で進退窮まった信長より朝倉が勝つと見越したからのはずだ。

(もしかして、お市に『長政×信長』ガチ勢という属性が付与された結果とか？)

それはありうることだった。でも、私の思考はさらに飛躍する。

この世界で長政が信長に対立した理由は、史実やゲーム通り、極めて世俗的なものだった。それをお市は日記の中では改変したのかもしれない、と。

『日記と夢の中ぐらい、自由に想像を羽ばたかせていたい』とお市は日記に記していた。だから彼女は、くだらない理由で兄・信長との絆《きずな》を断ち切る長政が許せず、自分好みの理想の長政を日記に託した。途方もない考えかもしれないけれど、日記から読み取ったお市という女性なら、それぐらいしてもおかしくない。私にはそう思えた。

(我ながら夢の中の日記と作者に、よくそれだけの設定を詰め込めるな……)

私が読んできたのは、詰まる所見たこともなければ実在したのかもわからない人物の日記。そんなものをよくここまで深読みできるな、と自分で自分に呆《あき》れる。

でも腐女子とは、作者がそこまで考えていない事でも、勝手に行間を読み、ロマンチックな解釈をしてしまうものだ。だから私は、日記の言葉から、ひとりの女としての長政への想いと、長政と信長の関係性に夢を見て、その2つの想いに悩みに悩んだお市という人物像を勝手に組み立てる。それがどれだけ実像に迫っているか私に知る術はないのだけれど。

（……あるいは、今こんな風に考えている私自身がお市の妄想の産物だったりして）

私は今、この日記を書いているお市という人間を他人としてあれこれ夢想しているけれど、そもそも顔が同じで精神の違う人間なんて本当にいるのだろうか。実は藤芳壱子という人格が、悩み抜いた末、心が壊れたお市が作り出した妄想、なんてことはないだろうか。つまり現実《壱子》が夢で、夢《お市》が現実。何だか夢野《ゆめの》久作《きゅうさく》じみてきたなと自嘲するが、私はそれを否定できる証拠を何ひとつ持っていないことに気付いた。この手の話のタチが悪い所は、そもそも「語り手《私》」の精神や記憶に異常があったりして、語る内容が信用できないことだ。

（……いくら何でも馬鹿げてる。戦国の姫君が、何が楽しくて上司にいびられるアラサー会社員の夢を見るの？）

トントンと自分の指が自分のこめかみをノックする音が聞こえた。不毛な思考実験は断ち切られた。私は息を吐きながら手元の日記の後ろ半分をペラペラとめくった。１５７３年は8月以降いずれも白紙だが、巻末近くの紙同士がくっついている箇所があるのに気づく。糊《のり》か何か付着しているのだろうか、私は紙を破ってしまわないように2枚の紙の間に慎重に指を差し込み、少しずつ広げた。

ひらかれた頁には朱色の墨で奇妙な2匹の生き物のようなものが書かれていた。羽の生えた人間のようなものと、その足元の犬のようなもの。そしてその周りにうねうねとのたくっているのは文字だろうか。

「なに、これ？」

意識を集中して文字の意味を読み取ろうとする。しかし……

「ひっ！」

赤い文字が蛇のように紙の上を這ったかと思うと、冊子を持つ私の腕に絡みつき、がばっと大口を開けた。赤い蛇の口腔《こうこう》にはただただ、真空の様な暗黒が広がっていて……私の記憶はそこで途切れた。

＊＊＊

「お市様！　お市様！」

「……つな？」

「大変でございます！　とうとう甲斐《かい》の武田《たけだ》が三河《みかわ》の徳川《とくがわ》様の長篠《ながしの》城に向けて進軍したとの事！」

ぼんやりと目をこする私に、つなはそう言った。『長篠城』、その言葉が私の脳を一気に覚醒させる。

「うう、嘘《うそ》でしょ⁉　だって、長篠は75年……」

「……75年？」

キョトンとするつな。私は寝ぼけて呂律《ろれつ》の上手《うま》くまわらない舌に力を入れ、慌てて言い直す。

「えっと、天正3年の5月はまだ先じゃ……」

こう言い直したところで、未来を知らない普通の人間の台詞《せりふ》としては不自然すぎるのだが、その不自然さに気付かないぐらい、私は寝起きで、かつ気が動転していた。

「何を仰《おっしゃ》っているんです？　今はまさに天正3年ですけれども……」

「え……」

ようやく思い出す。私はお市の日記を読む途中、奇妙な絵と文字を見つけて、そこで気を失ったはずだと。そしてその時はまだ天正元年つまり1573年の11月。まさか、あれから1年以上気を失っていたというのか。

「お市様、もしやご気分が優れないのですか？　そういえば昨日、茶々様たちと節句の余りもののお餅をお召しになられていましたが、まさか古い餅にあたったとか？　お市様、お年賀の席でもお餅でお腹《なか》が張ると仰ってましたから、どうにも相性が悪いようですね。あとで越中《えっちゅう》の薬を持ってきましょう」

信じがたいことに、つなの口ぶりからして、私はこの1年以上、気を失っていたことなどなく、ごく普通に過ごしていたように聞こえる。薬を取りに行こうとするつなを私は呼び止めた。

「そういえば、私が小谷城でつけていた日記ってどこにしまったかしら?」

「おや、またずいぶんと懐かしいものを。他のご本と一緒に大事にしまってありますので、薬をお持ちするついでに取ってきますね」

しばらくして、つなが湯呑《ゆのみ》と薬を持って戻って来た。その後ろには6冊の冊子を抱えたかめもいた。つなの手から黒い丸薬を受け取り、白湯《さゆ》で飲みくだす。薬には肉桂《にっけい》のような独特の苦みがあった。これが1年ぶりの食事だと思うとなかなかシュールだ。

かめから冊子を受け取ると私は早速、一番新しい1573年の日記を開いた。そしてまっさらな頁をパラパラとめくる。素早くめくったあとは、1枚1枚確かめるように、ゆっくりと、何度も繰り返しめくる。しかし、あの奇妙な朱色の図柄は日記の何処《どこ》にも影も形も残っていなかった。

「お市様、どうかなさいましたか?」

「いいえ、なんでもないの」

1年以上のタイムスリップが何でもないはずないのだが、そう言うしかなかった。この不自然な時間経過はあの図柄が原因なのか、それともこれが夢の世界だからなのか。悩んで答えが出るなら、いくらでも悩むが、どうやらそういった類いの問題ではなさそうだった。

私は自分の記憶にない1年間、つまり1574年に思いを馳《は》せる。ゲーム中では合戦《ステージ》と合戦《ステージ》の合間として飛ばされる年だが、決して織田軍にとって何もない平和な年だったわけではない。年始から相対したのは越前の朝倉残党、甲斐の武田、そして長島の一向一揆《いっき》。この3度目の長島征伐は、織田軍のほぼ全軍——畿内で政務にあたる光秀、越前を監視する秀吉、東美濃で武田を牽制《けんせい》する河尻《かわじり》、池田《いけだ》などを除く——総勢7万が参加し、これまでも類を見ない程の大攻勢だった。そして結果だけ見ればこの戦いは織田軍の勝利だった。

織田軍は初動から優勢に事を進めたが、追い込まれた一揆衆は死に物狂いの窮鼠《きゅうそ》と化した。揖斐川《いびがわ》の岸辺には敵味方の屍《しかばね》が溢《あふ》れ、築かれた屍山血河《しざんけつが》の中には信長の叔父・信《のぶ》次《つぐ》、庶兄・信広《のぶひろ》、弟・秀成《ひでなり》、従兄弟《いとこ》・信成《のぶなり》など、信長の縁者も多くいた。

一向宗こそ不倶戴天《ふぐたいてん》の敵——改めて思い知らされた信長は、残された一揆衆の拠点を柵で囲繞《いじょう》したうえで、城に火を放った。灰燼《かいじん》に帰すこと凡《おお》そ2万人。こうして信長は、長きにわたった長島の一向宗との因縁に終止符を打った。

この血みどろの戦いを、ゲームでは「信長は長島の一揆衆を殲滅《せんめつ》し」と短いナレーションだけでさらっと流している。一揆衆は僧兵も少なくなかったが、大半がただの門徒である。名のある武将や兵士を斬り倒す戦いではない。ゲームとして取り上げる価値は薄いのだろう。ひょっとして、この世界もゲームを元にしているから、ゲーム同様に時間がスキップしたのか。

（いや……ひょっとしてこれが『呪い』なんじゃ？）

私は自分の髪を手繰り寄せる。腰の下のほうまで届く長い黒髪。だが日記を読み始めるほんの少し前に、この髪が何者かに知らぬ間に2寸ほど切られるという事件があった。結局、あの事件の犯人は分からずじまいだ。そしてその動機も。

つなが「何者かが私に呪いをかけようとしている」と言った時、私は笑い話程度にしか取り合わなかったが、日記の禍々《まがまが》しい図柄と合わせると呪詛《じゅそ》というのもあながちない話ではなく思える。今さらながら背筋に寒いものが走る。

1年のスキップ。ゲームの仕様か。それとも呪いか——起きたての脳みそに過負荷の情報が流れ込み、頭の奥がずきずきと痛みだす。思考の糸が収拾不可能にこんがらがり始めた頃、私のこめかみを私の指が強く叩《たた》いた。あらゆる糸が強制的にぶちぶちと断たれていく。

（……このスキップ、そこまで問題ないんじゃない？）

なぜ1年スキップしたのか。その答えが自分の脳の中にあるとは思えない。ならば、切り替えるしかない。1年スキップして何か問題はあっただろうか、と。するとこちらはあっさり結論が出た。そこまで大きな問題はないと。

長島征伐にしても、信長の戦いとしては興味深いけれど、信長と光秀の関係に注目するなら、光秀や秀吉の出陣していないこの合戦は決して重要ではない。他の戦にしろ、この年、光秀は全く出陣していないというわけではないが、目立った働きはしていない。

何より、長篠の合戦には間に合った。光秀の出陣する久々の大いくさ。光秀と信長を近づける絶好のチャンスがそこにある。

「お市様、何を笑っていらっしゃるのですか？」

「あ、いえ、日記のことでつい思い出し笑いを……」

とっさに口元を手で覆い、下を向く。多分今の私は、通勤途中に神絵師の供給に思わずニヤけてしまった時と同じ挙動になっていたと思う。そして少し安心する。こんな不可思議な状況に置かれてなお、推しカプのことでニヤけられる自分の図太さに。私はつなにたずねる。

「それで、お兄様たちはもう出陣の準備をなさっているの？」

「さっそく、家臣の方々に召集をかけ、評定を開かれるところです。もうそろそろ、皆様お越しになられるはずです」

私は頷《うなず》いて、つなに着替えを手伝ってくれるよう言いつけた。

6章　長篠合戦

私が座敷《ざしき》を覗《のぞ》き見れば、評定は既に始まっていた。

「一向宗《いっこう》どもが収まったと思えば、今度は甲斐《かい》の武田《たけだ》か……」

腕を組み、しかつめらしい顔で呟《つぶや》く勝家《かついえ》に対し、利家《としいえ》は白い歯を見せて言った。

「俺は願ったり叶《かな》ったりだぜ、坊主を斬るのは構わねえが、女子供を相手にするのは、どうにも性分に合わねえからな」

「けど、女子供の方が斬るのは容易《たやす》いっすね。少なくとも屈強な騎馬武者どもよりは」

皮肉めいた笑みを口元に浮かべる秀吉《ひでよし》に、利家は「あ？」と突っかかろうとしたが、それよりも先に光秀《みつひで》が口を開いた。

「滅多なことは言うものじゃありませんよ、秀吉殿。それに高屋《たかや》城は落としたのですから、本願寺《ほんがんじ》もしばらくは大人しくしてくれるでしょう。今は、長篠《ながしの》の徳川《とくがわ》勢を助けに行くことだけを考えましょう」

光秀の言葉に、「うむ」と信長《のぶなが》が小さくうなずいた。光秀が口にした高屋城とは河内《かわち》にある城で、城主の遊佐《ゆさ》氏が本願寺と結託し、反信長の動きを見せていた場所である。昨年の4月時点で、勝家や光秀ら討伐軍が一度派遣されたが殲滅には至らなかった。それで、今年に入り、いよいよ攻め落とされたのだ。もし武田侵攻の報《しら》せがなければ、ここを足掛かりに石山《いしやま》本願寺を攻める事になっていただろう。

「明知《あけち》城、高天神《たかてんじん》城と去年はあの武田のガキに翻弄され続けた。やっとあの虎の息子ならぬ、ドラ息子を叩けるってんだ。こいつは全力でぶっ潰すしかねえだろ。なあ、御屋形様？」

利家の言葉に答えたのは信長ではなく老将・佐久間信盛《さくまのぶもり》だった。

「しかし長篠城に攻める武田は1万5千。対して、長篠城を守る兵は僅か五百。しかも城主の奥平貞昌《おくだいらさだまさ》はまだ二十歳そこらの若輩。我々が急いだところで城がもつとは思えませぬ。最悪、救援に向かった我々が、寝返った若武者に返り討ちにされる危険性すらあります。この際、長篠は捨て置き、予定通り本願寺を攻めて、足元を固めるのはいかがでしょうか？」

佐久間の言葉に秀吉が首を横に振った。

「五百が少数なのは認めますけど、若いことと能力の欠如を同一視されるのは如何《いかが》なもんすかねえ。奥平は元々武田の家臣。それが信玄《しんげん》亡き後、徳川についたのは、なかなかの慧眼《けいがん》。しかもこの時、貞昌は人質だった身内を武田に殺された。寝返るどころか、意地でも降伏はしないっすね」

秀吉の言葉に深く頷きながら光秀が言う。

「ええ。奥平の寝返りは考えなくていいと思います。人質を殺された彼らは、武田に降伏したところで自分たちの命がない事を知っているはずですから。それに、ここで三河《みかわ》殿に救援を出さないとなると、我々は数少ない同盟相手を失うことになります。三河殿を助ける事こそ足元を固めることに他なりません。急ぎ大軍を以《もっ》て、彼らを救援すべきでしょう」

「大軍か……」

勝家が光秀の言葉尻をとらえ、かすかに眉をひそめた。

「高屋城を落としたとはいえ、石山の本願寺はいまだ健在。越前《えちぜん》の一揆衆もいる。ここで我らが兵力を東に大きく割いたと知れば、奴らがまた動かぬとも限らんな……」

「つまり、勝家は畿内の明智《あけち》軍、越前の羽柴《はしば》軍の動員は控えよというのだな？」

信長が勝家に問えば、勝家は「は」と短く答えた。見方によっては、自分以外の有力武将の活躍を牽制《けんせい》するための提言とも取れそうだが、少なくともゲーム中の勝家はそういった打算に疎い。純粋な慎重論だった。信長はしばらく目を瞑《つぶ》り、そして口を開いた。

「……腹が減った。飯を食ってる間ぐらいは長篠ももつだろう。おい、市《いち》！」

（いち？）

「そこで聞いているのだろう、市。皆の分の湯漬けを持って来させよ」

襖《ふすま》の隙間越しに信長の目と目が合った。私は確かにここにいるが、しかし私はどこまでも自分をゲームのプレイヤー、つまり画面の向こうの観測者だと思ってしまう。画面の中の煌《きら》びやかな人々がこちらに話しかけてくることに未《いま》だ実感はわかない。

「は、はい！」

私は自分が姫君の身分であることも忘れて、大慌てで厨《くりや》に走り出した。

＊＊＊

「なにもお市様自らお運びになられなくても」

「これぐらい大したことじゃないわ」

私はつなが呆《あき》れるのを尻目に、他の侍女たちと一緒に湯漬けと漬物とが載ったお膳を座敷に運んだ。推し達を間近で見られる機会を逃す手はないのだ。

「姫様、ありがとさん」

「かたじけない」

利家はにかっと屈託のない笑みを浮かべ、勝家は堅苦しく頭を下げた。

「ありがとうございます」

光秀も勝家ほどではないが折り目正しく軽く頭を下げた。秀吉は何か考え事があったのか、ぼうっとこちらを見ていて、私が「何か？」と声をかけると、慌てて「いやあ何でもございませんよ。ありがとうございます」と笑ってみせた。万事如才ない彼らしくない気もしたが、自分のことを振り返れば、結論の出ないミーティングはデスクワークより遥《はる》かに心身ともに疲労するもの。彼らもちゃんと人なんだなあ、と妙にほっとしてしまった。

「お市、お前はどう思う?」

お膳を前に置いた私に信長は訊《き》いた。

「どうとは?」

「お前も先ほどまで聞き耳を立てていただろう。此度《こたび》の出陣のことだ。我らは全軍を以て三河の救援に向かうべきか、それとも最小限の兵力を回すにとどめるか」

信長の問いかけに対し、私の頭には織田《おだ》軍ほぼオールスターズで快勝した長篠の合戦という厳然たる歴史の事実が浮かんだ。

「越前に石山、他に脅威があればこそ、全軍を以てなるべく早く武田を打ち破り、徳川殿をお助けするべきだと思います。下手に戦力を分散し、だらだらと戦を続ける事こそ、敵につけ入らせる隙を与える行為でしょう」

「なるほど。だが全軍が美濃を離れれば、その間に一向宗か他の奴らがこの城を攻めて来るかもしれんぞ?」

「仮にこの岐阜城が落とされたとしても、お兄様と他の方々が揃《そろ》ってご健在なら、あまり問題ではないかと」

「ほう?」

「この城も元々は斎藤《さいとう》殿のもの。お兄様が昔からそうしてきたように、敵から奪った城を本拠地として支配地を増やすのは理に適《かな》ったことです。もしここが落とされたなら、武田を滅ぼして、そのいずれかの城に本拠地を移せばいいではありませんか。城とお兄様と家臣団が揃っているなら、織田家に何の問題がありましょう？」

岐阜城は名城だが、決して信長の終《つい》の棲家《すみか》ではなく、間もなく安土《あづち》に天下の城だって築かれる。何も岐阜城にこだわる必要はない。私はその前提に基づき、なるべく史実通りになるよう、つまり、ほぼ全軍で長篠に向かうよう言葉を尽くした。やや挑戦的な物言いなのも、これが信長に対しては有効だと踏んでのことだ。

「なるほど、面白い」

ゲームの信長は所謂《いわゆる》、俺様キャラでもある。こういう男は「ふーん、おもしれえ女」と思わせるような大胆不敵な言動がよく効くと相場が決まっている。私は勝利を確信していた。その時だ。

「あら、じゃあ城にいる私たちの命はどうなっても良いというの？」

廊下の方から声がした。振り返ると、そこにはゲームで見知った女性、信長の正室、つまりお市にとって義姉である濃姫《のうひめ》がいた。

お市が20代前半の潑溂《はつらつ》とした少女としてデザインされたなら、濃姫は20代後半の妖艶な美女。紫の着物には蝶《ちょう》の染め抜きがされている。これは彼女の本名とされる帰蝶《きちょう》ないしは胡蝶《こちょう》が由来だろう。濃姫については、生没年など詳しい事は不明で、わかっているのは美濃のマムシと呼ばれた斎藤道三《どうさん》の娘だという事ぐらい。為人《ひととなり》についての逸話も乏しい。ただ、マムシの娘であり、魔王の妻という立ち位置から、創作上では気が強かったり、どこか女王様めいた属性が付与されることが多い。ゲーム中でもまさに、サディスティックなお姉さまキャラだ。

濃姫は敷居《しきい》を跨《また》ぎ、すたすたと私の前に進み出た。

「最愛の夫が亡くなって現世に未練のないあなたはともかく、私や、この城に残る女子供、皆にあなたは死ねというの？」

そう言われれば返す言葉もない。私には、この城は落とされないという未来の知識があるし、現代人の藤芳壱子《ふじよしいちこ》に自分の命が本当に脅かされる危機感など微塵《みじん》もなかった。でもこの世界の住人にとって、死や命の危機というのは日常と隣り合わせの概念なのだろう。少なくともそういう設定のはずだ。

濃姫の針のように鋭く、氷のように冷たい眼差《まなざ》しに私は目を伏せるしかなかった。

「そういうことでしたら、私が残り、城の警護と畿内の牽制をいたしましょう」

沈黙を静かに破ったのは光秀だった。しまった、と思わずにはいられなかった。このまじゃ光秀は久々の活躍の機会をふいにしてしまう。私は状況を打開するための手がかりを自分の知識に求めた。けれど、光秀ひとりが此《こ》の地に残り、他部隊が救援に向かうというのは、客観的に見て決して外れた戦略ではない。異を唱えるべき点が私には見つけられなかった。ところがだ。

「光秀、あなた馬鹿なの？」

異を唱えたのは、事もあろうに濃姫だった。私も光秀も「え？」と彼女の顔を見返す。

「私が本気で、わが身可愛《かわい》さから、信長様のご出陣に水を差すことを言うと思って？　私が問うたのは市の覚悟よ。城が戦場になれば、市の娘たちだってただじゃ済まない。そこまで覚悟しているの、と。別に覚悟出来ているなら、構わないわ」

「そうでしたか」

「そうでしたか……じゃないわ。あなたとは斎藤家からのよしみだけど、それぐらい察しなさい。本当に気が利かない男ね。そんなので信長様のお役に立てるの？」

こうなっては言いがかりに近い。確かにゲーム中でも濃姫は気が強く、高圧的な印象を与える物言いではあったが、ここまで理不尽に突っかかってくる性質ではなかったはずだ。

「出た、濃姫様の光秀いびり。おっかねえ……」

「……口がすぎるぞ」

利家と勝家の間で交わされた囁《ささや》きを私の耳は決して逃さなかった。

（濃姫様の光秀いびり？）

ゲーム中、そんな挿話はなかったはずである。この世界の濃姫は光秀を目の敵にしているというのか。

「あなたの役目は信長様の天下布武に貢献する事。つまり長篠で武田の武将の首をひとつでも多く挙げる事よ。分を弁《わきま》えなさい」

濃姫が光秀を見下ろしてぴしゃりと言い放つ。光秀は申し訳なさそうにこうべを垂れている。妻である濃姫がアンチ光秀というのは、信長と光秀の関係にとって、マイナスはあってもプラスはないだろう。これは由々しき事態ではないだろうか。

「濃よ。そこまでにしておけ」

信長はやれやれというように首を横に振った。そして光秀の方を見て言った。

「しかし、濃が言う事も一理ある。お前の役目はまず第一に俺とともに道を拓《ひら》く事。そのためにお前の軍勢は大いに当てにしている。お前は此度の戦、俺とともに出陣しろ」

「御意！」

光秀はかしこまって頷《うなず》いた。

「他の者たちもだ。城と越前については最小限の手勢を置くのみ。これより虎狩りを……いや本物の虎は既に死んでいるか。死んだ虎の皮を被《かぶ》った仔猫《こねこ》を狩ってやろう。者どもついて来い」

座敷《ざしき》の男たちが一斉に「応！」と答えた。その場は一瞬にして熱狂に満ちた。あの沈着な光秀ですら、この熱に浮かされているように、その目には獣の様な光が宿っていた。

(ひとまずは上手《うま》くいったのかな)

男たちの熱狂をよそに、私は自分の思惑通りに事が進んでいることに喜びや安心感を覚えていた。しかし、この空間には私ともうひとり、この熱に浮かされる事のない人物がいた。

(濃姫……いったい何を考えてるの?)

濃姫の氷のような眼差しは光秀と信長に向けられているようだった。彼女は光秀に何か怨《うら》みでもあるのだろうか。やがて濃姫は踵《きびす》を返《かえ》し、ひとり座敷から出て行った。もし推しカプの障害となるなら、私は彼女と戦わねばならないかもしれない。しかし、どうやって。今日みたいな議論や睨《にら》み合《あ》いはあまり何度もやりたくはない。だからと言って、キャットファイトなどご免である。

(ともかく用心するしかないか……)

＊＊＊

かくして5月13日、信長たちは3万以上の兵とともに美濃を出発。翌日には三河の岡崎《おかざき》城にて徳川家康《いえやす》と合流した。

7章　壱子の野望

長篠《ながしの》の合戦の結果を現代人の私は知っている。だから、つなが「信長《のぶなが》様の大勝利です」と息を弾ませやってきた時も、「まあ！」と喜んではみせたものの、内心では「まあ、知ってたけど」と後方腕組み彼氏よろしく余裕をかましていた。しかし続くつなの言葉は、私にとって意外なものだった。

「家康《いえやす》様たち三河《みかわ》方のお力も凄《すご》かったそうですが、何でも光秀《みつひで》様の策が大当たりしたとか。信長様もその働きには大層満足なされているそうですよ」

つなの言葉に私は、慌てて訊き返した。

「ちょっと！　その話、詳しく！」

＊＊＊

岡崎《おかざき》城で家康軍6千と合流した信長たちは、すぐには長篠に向かわず、城で作戦を練った。

「救援、かたじけのうございます」

信長より一回り年若い青年、徳川《とくがわ》家康は深くこうべを垂れた。

「先ほど長篠城から報告がありました。味方は城に籠り何とか凌《しの》いでいますが、もってあと数日。急ぎ救援に向かう必要があります」

「うちと徳川の兵を合わせれば3万6千、武田《たけだ》は約2万、囲んで叩《たた》けばいいだろう」

利家《としいえ》が血気盛んに言う。寡兵を取り囲んで殲滅《せんめつ》するのは戦の常道だ。

「囲うとなれば、こちらの陣は広く浅く、向こうは狭く厚くなる。特に武田は多くが騎馬武者。それが密度高く勢い盛んに突撃してきたら……障子戸に矢を突き立てられるようなもんでしょ」

秀吉《ひでよし》がそう言うと、利家は「たしかにそりゃまずいな」とあっさり前言を撤回した。

「さてどうしたものか」と秀吉は床に広げられた長篠城周辺の見取り図に視線を落とした。

黒い碁石が長篠城の北に置かれていた。

「武田は今、長篠の北、医王寺山《いおうじやま》に陣を張っています。我らは長篠の西、設楽《したら》郷の極楽寺《ごくらくじ》山《やま》に陣を張り、兵を南北に展開するのがいいかと思います」

光秀はそう言って、地図の外に置かれていた碁石入れから白い石を取り、地図の上に置いた。

「つまり、設楽原《したらがはら》を決戦場とするのだな」

黒い石と白い石の間には設楽原が横たわる。信長の問いかけに光秀が頷いた。

「ここは窪地《くぼち》だらけで、敵から見ると死角となる場所が多いと聞きます。そこに我らが兵を配置し、ひそかに土塁と馬防柵を築くのです。そして武田の騎馬武者が迫ってきたところに、鉄砲を浴びせてはいかがでしょう」

「あえてこちらを寡兵に見せ、防御を固めた上で敵を誘い出すか」

信長はまじまじと光秀の顔を見ると、やがてハンと鼻を鳴らして笑った。

「西洋の戦いに野戦で柵越しに銃撃する戦法を用いたものがあってな、実は俺の頭にも近い構想が浮かんでいた。それに遮蔽物越しの銃撃がいかに恐ろしいものか俺自身よく知っている」

「長島ですか……」

「ただ武田も馬鹿ではない。騎馬隊の初撃をくじかれたら、慎重になってその後は出撃を控えるかもしれない」

「ですから、前に進むほかなくしてしまうのです」

光秀の言葉に信長はニヤリと笑った。

「なるほど、退路を断つのだな。とすれば、ここか」

信長は白い碁石を取り出すと、設楽原の南をぐるりと迂回《うかい》させるように動かしながら、武田の黒い石の後ろに置いた。

「武田の背後にある鳶《とび》ヶ《が》巣《す》山砦《やまとりで》を別動隊に占領させる。さすれば武田は嫌でも前に進むしかなくなる。たとえそこが地獄だとしても」

そこにいた武将たちは二人の会話に息を呑《の》んでいた。合戦で鉄砲を使うこと自体は何も珍しい事ではないが、大規模な野戦でこれを主力とすることは今まで聞いたためしがない。しかも鉄砲の長所を活《い》かし、短所をなるべく殺す、効果的な策を用いている。鉄砲の難点は充填にかかる時間や、動きながら撃つことの困難さ、そして近づかれたら身を守る事ができない防御力の低さだ。その弱さを土塁と柵で囲むことで克服する。退路を断たれた敵はむざむざその前に現れざるを得ない。しかも広く布かれた陣は、敵側の戦力を分散させる。弾の充填を脅かすほど間断ない厚みのある突撃にはならない。どれも理に適《かな》っていた。

「鳶ヶ巣山砦を落とすのと先陣は三河殿に任せたいが、よいか？」

「は！　砦は我が軍でも屈指の兵、酒井忠次《さかいただつぐ》に攻めさせます」

この軍議ののち、両軍は岡崎を出発。西進して予定通り信長は長篠城西方、設楽郷の極楽寺山に着陣した。そして3万の兵を南北に細長く展開、いわゆる鶴翼《かくよく》の陣形で、設楽原の窪地に勝頼《かつより》に気付かれることなく土塁と馬防柵を作り上げた。先陣となる徳川軍は高松《たかまつ》山《やま》に陣を張った。

一方、信長の着陣を知った武田軍では軍議が開かれ、信玄《しんげん》時代からの重臣たちが勝頼に撤退を進言したとされる。信長自らが救援に来た事で、苦戦を強いられるのが目に見えていたからだ。もし、織田《おだ》軍が窪地に兵を伏せず、そのまま大軍の姿を見せていたら、勝頼といえども退く選択をしたかもしれない。しかし、勝頼は信長の兵力を甘く見て、決戦を仕掛けた。

結果は織田・徳川の快勝だった。武田軍の突撃に対して、織田軍はほぼ動かなかった。ただただ、敵が間近に迫るのを待ち、そして引き金を引く。およそ千挺《ちょう》もの鉄砲が火を噴き、轟音《ごうおん》が平原を揺らした。昇り立つ土埃《つちぼこり》と硝煙。それらが収まると辺りには赤備えの武者たちと馬の死骸がいくつも転がっているのが見えた。

最初の銃声が轟《とどろ》いたのは、空に日が昇り始めた卯《う》の刻。最後の銃声が鳴り静まったのは正午をやや過ぎ未《ひつじ》の刻。約8時間。この間、武田軍は突撃を繰り返し、そのたびに設楽原に将兵の屍《しかばね》が増えていった。

勝頼は最初の銃声を聞いた時に、「しまった」と思っただろう。しかし撤退が頭によぎった彼に鳶ヶ巣山砦陥落の報《しら》せが届いた。最早《もはや》、退く事などできなかった。勝頼は辛《かろ》うじて撤退したが、1万以上の兵と、武田軍を支える数多《あまた》の勇将を失った。ここに長篠の合戦は終幕した。

＊＊＊

「……とまあ、ざっとこんな所です」

森蘭丸《もりらんまる》がとうとうと合戦のあらましを語ってくれた。いつ何時も信長のそばに仕えている彼らしく、実に臨場感のある語り口だった。

「かの名将・信玄の息子といえども、その才覚までは引き継がれなかったのですね。亡くなったのは山県《やまがた》、内藤《ないとう》、真田《さなだ》……私でも名を知っている名将ばかり。せめて、砦を無視して早々に本拠地へ撤退していれば、ここまで悲惨な結果にはならなかったでしょうに」

憐《あわ》れみを込めてつなが言った。私も頷く。

「そうね。そもそも今回武田が出張って来たのは、長篠城を手に入れ、今後、徳川領に侵攻する足掛かりとするためだったはず。でも城は落とせず、徳川だけでなく織田まで出てきてしまった。この時点でもう目的は達成不可能なんだから、さっさと兵を退くべきだったのよ。諫《いさ》めた家臣たちはよく分かっていたのね。結局、彼らを無視して戦端をひらいた時点で勝頼は負けていたんでしょう」

戦争のことは分からないけれど、当初の目的を見失って行き当たりばったりで行動する奴がロクな事にならない事は社会人の経験としてよく知っている。そして、そういう奴に限って「臨機応変」とか「フレキシブル」とか言いたがるものだ。

「今日は一段と毒舌が冴《さ》えていらっしゃいますね」

「あ、いえ、敵とはいえ、亡くなったのが有能な家臣たちだったと思えば、彼らの無念を思わずにはいられなくて……」

どうにも、現実とも重なる話になると藤芳壱子《ふじよしいちこ》が出てしまう。いくら有能な人間が多く下にいても、裁量権を持つトップが無能では全てが台無しになる。あと5世紀先でも人類はこの課題に頭を悩ませ続けていたわけで、多分、さらに5世紀先でも同じ課題に頭を悩ませるのだろう。

「今日は館で祝賀の宴《うたげ》がありますからね。私もそろそろこれで」

蘭丸はそう言うとにっこりと笑って立ち上がった。

「ありがとう」

私はそう言って彼を見上げる。すると、蘭丸の背が案外、高い事に驚かされる。少なくとも私より10センチ以上はあるだろう。顔が中性的で若い事、他の武将に比べれば低い事から忘れがちだが、しっかり男性ではあるのだ。身長と言えば、お市《いち》になったからと言って自分の目線が変わった気はしない。だから仮にこのお市の身長が藤芳壱子と同じ162センチだとすると、他の武将たちも軒並み180センチ台はあった。利家と勝家に至っては190センチ以上はある。彼らは史実でも180センチ以上の大男だったらしいが、一般的な戦国時代の男性の平均身長は155センチそこらだと聞くから、やはりこれはゲームを元にした世界なのだと改めて思い知らされる。

私はそんなことを思いながら170センチ超えの蘭丸を見送った。

＊＊＊

祝賀の宴は城の麓の館で盛大に開かれた。この館は、元々は信長自身の居住空間として作られたのだが、信長が山頂の山城を居城としたので、今ではもっぱらこういう宴や迎賓用に用いられている。館には南館、北館そして広大な庭園があって、今回使われたのは南館の大広間だった。

戦いに明け暮れている織田軍にとって戦勝それ自体は珍しいものではなかったが、今度降《くだ》した相手は三方ヶ原《みかたがはら》以来、散々煮え湯を飲まされ続けた甲斐《かい》の武田である。信長は機嫌よく、酒と馳走《ちそう》を将兵らに振る舞った。

私も侍女たちと食事や酒の準備をする。会社にいた頃から宴会の手配は慣れたものではあったが、その時は、日中仕事に追われた上、女性というだけで酔ったオッサンのお酌をさせられる、地獄のようなサービス残業だった。おまけに飲み会の会費はしっかり取られる。後輩の女子とロケ先のどぶ川の水を汲《く》んで、オッサンたちの酒に混ぜてやろうかと盛り上がったこともある。結局、実行には移さなかったが。しかし今は日中の業務があるわけでもない。何より相手は自分の推し達だ。私は居酒屋の店員の如《ごと》き勤勉さで「はい、喜んで」と武将たちの間を、配膳やお酌をして回った。

やがて私は、光秀のからの杯を目ざとく見つけて、すかさず「お注ぎいたします」と近づいた。

「お市様！　その節はありがとうございます」

光秀は杯を差し出しながらそう言った。

「その節？」

「お市様が仰《おっしゃ》ったではありませんか。騎馬武者には鉄砲だと。初めそれを聞いた時は、野戦で用いるには難しいと思ったのですが、どうにも心に引っかかり続けて……おかげで妙案が浮かんだのですよ」

口では悠長に「まあ、それは嬉《うれ》しく存じます」と言いながら、私は心の中でガッツポーズを取っていた。

「まったく恐ろしい男よ」

そこに信長がやって来て、その隣にどかっと胡坐《あぐら》をかいた。信長の顔は酒精のため赤く染まっている。

「こいつ、端《はな》からこの決戦を見越して根来衆《ねごろ》から大量の鉄砲を買い付けてやがった。おかげで徳川の強襲部隊に渡す分を引いてなお、潤沢に武田に弾を食らわすことが出来た。さては俺が徳川に砦を落とさせるのも計算済みか」

「は。家康殿にとってここで長篠を取られれば、その勢いで、領土に攻め入られること必須。なんとしてでも防ぎたかったでしょう。何より、あの意地のある御仁のこと。2年前の三方ヶ原の雪辱戦を望んでいるはず。その士気の高さを信長様が利用されぬわけはないかと」

「お前には俺の心が読めているのだな。愛《う》い奴め」

信長は片手を光秀の首に回すと、もう片方の手で光秀の杯を持っている手を取り、自分の口に運んだ。光秀は戸惑っている。私も戸惑っている。距離感がバグっている。その近さは上司と部下ではなく、もはやカップルだろう。

「やはり、お前以外には考えられんな」

信長は急に真剣な目つきで光秀を見た。主の雰囲気の変化を悟って、光秀も神妙な顔つきになった。

「丹波《たんば》のことだ。丹波、丹後《たんご》は守護の一色《いっしき》氏が何とか治めているが、それももう限界だろう。俺は彼の地の平定をお前に任せたい……まさか嫌とは言わぬよな？」

かつて光秀は、丹波の栗《くり》でもなんでも信長のためにとってみせると啖呵《たんか》を切った。信長はその時の覚悟を再び問うているのだ。光秀は姿勢を正し、真正面から信長を見据えた。

「この光秀に二言はありません。信長様の望むもの全て、その手中に収められるよう微力を尽くします」

信長が短く頷《うなず》いた。賑《にぎ》やかな宴の場にあって、この瞬間、二人の間だけ、不思議な力場が発生しているように静けさが満ちていた。

「はっはっは！　まるで犬のように律儀な奴だ。犬、大いに結構。お前は犬だ」

力場が消えた。信長は高らかに笑うと、光秀の頭を抱き寄せてわしゃわしゃと掻《か》いた。

それこそ、大型犬を可愛《かわい》がるように。光秀は苦笑してなされるがまま、髪の毛をぼさぼさにされるに任せている。やはり、これで付き合ってない方が逆におかしい。萌《も》えの供給過多で、頭がパンクしかける。もしこの場に誰もいなければ私はこの溢《あふ》れる思いを発散させるべく、天に向かって「ありがとうございます！！！」と叫んでいただろう。

「どうした市、ぼうっとして。宴なのだから、もっと楽しめ。そうだ、お前も飲め」

信長は私から徳利《とっくり》を奪うと、その酒を光秀から奪った杯に注ぎ、私に差し出した。

（これは推しカプとの間接キス⁉）

嬉しくないとは言わないが、あまりに畏れ多い。というか私は観葉植物であり観測者でありたいタイプの腐女子だ。なるべく間近で推したちを観察したいとは思うが、実際この手が彼らと重なる事は喜ばない。出来るなら、飲まずにその杯だけ持ち帰らせてほしい。

「まさか俺の酒が飲めぬなどとは言わぬだろうな」

「も、もちろんです」

退路を断たれた勝頼もこんな気持ちだったのだろうか。私はなるべく唇をつけずに勢いよく杯をあおった。酒の味はよく分からない。喉の奥がカッと熱くなる感覚だけがあった。

「よい飲みっぷりだな！　ハハ！」

呆然《ぼうぜん》とする私をよそに、信長は揚々と立ち上がり、今度は秀吉たちの方に向かっていった。

「あれでまだ1杯目、いや、さっきので2杯目なのですよ」

忘我の境にいた私を光秀の声が呼び戻した。

「ご存じだと思いますが、信長様は滅多にお酒を召されませんから」

光秀にしてみれば、あの信長の距離感も慣れたものなのだろうか。その余裕ぶりこそ、やはり攻め。感じ入る私に、光秀が言う。

「よければ、侍女に信長様のお酒だけ、こっそり水にすり替えるよう伝えておいてもらえませんか」

「え、ああ、もちろん。それと新しい杯をお持ちしますね」

手元に残ったのは信長と光秀が口をつけた杯。私はそれをそそくさと懐にしまう。水で洗っては意味がないので、せめて念入りに布で拭いて保存しよう。私は厨《くりや》へと急いだ。

＊＊＊

替えの杯を運んだ私は利家と勝家《かついえ》の席に呼ばれた。利家に「姫様も飲め飲め！」と爽やかな調子で言われては断れない。勝家は、はじめこそ咎《とが》めるような目をしたが、私の飲みっぷりに「ほう」と感心した様子で、やがて眉間の皺《しわ》もほぐれて、利家の注ぐ酒を何杯もあおった。

「……俺だって、もう少し愛想よくしたい。けど、そういうのは、ガラじゃないというか……うう、恥ずかしいんだ」

酒が進むにつれ、顔を真っ赤にした勝家がさめざめと泣きだした。

「はいはい、勝家様がそういうの苦手なのはみんな知ってるから、無理しなくていいんですよ」

「でも、俺と目が合うと城の侍女たちは怯《おび》えるし、子供も泣くし、犬も吠《ほ》える。この間も侍女に抱かれている江《ごう》様と目が合うなり、火が付いたように泣かれてしまって……」

「何言ってるんですか。子供は泣くのが仕事。気にしちゃいけませんよ」

利家はそう言いながらしくしく泣く勝家の頭をぽんぽんと撫《な》でた。啞然《あぜん》とする私に利家が苦笑を浮かべながら言う。

「泣き上戸ってやつです。鬼の柴田《しばた》の目にも涙ならぬ鬼の目にも涙ってね。いやあ、姫様相手にお見苦しい所を失礼。酔っ払いの相手はこの又左《またざ》に任せて、姫様はどうぞご自由に」

「え、ええ……」

普段堅物の年上が、お酒が入るとダメダメになって後輩に介抱してもらう。夢のシチュエーションだ。お酒の酩酊《めいてい》と相まって興奮で体中の血流が勢いを増していくのを感じる。頬のあたりが熱い。

（少し、頭を冷やそう……）

私は、喧噪《けんそう》の座敷《ざしき》をひとり抜け出して庭園へと向かった。

＊＊＊

宴はまだ西日の見えるうちから始まっていたが、今は日の代わりに月が青白く輝いていた。梅雨の終わりと夏の始まり、そのあわいに生まれた空白地帯の夜は、風も月明かりも、絹の手触りのような涼しさと柔らかさがあって、熱に浮かされた身体《からだ》を冷ますのには丁度良かった。私はアルコール臭い胸の空気を取り換えるように深呼吸して、空を見上げた。

満天の星々。この時代の夜空では数多《あまた》の小さな光がくっきりと見える。光の粒は幾千、幾万はくだらない。合戦場を見下ろしたら、人々の姿もこんな砂粒のように見えるのだろうか。

（……光秀が大活躍、ね）

合戦の顛末《てんまつ》に思いを馳《は》せる。鉄砲を使った織田軍の大勝利、そして徳川の活躍、これらは史実通り。何も驚く事ではない。しかし、光秀の活躍は少し違う。史実では、そもそも光秀がこの合戦に参加していたか否定する説もあるし、ゲームでも別段大きく活躍はしていない。鉄砲戦術は信長自身が発案した説があり、ゲームではその説を採用していた。だが、今回は間違いなく光秀が提案したのだ。それも私、お市の言葉に従って。

（これなら本当にゲームのシナリオを覆せる？）

あわよくば光秀と信長をくっつけたいとは思っていたが、それはつまり歴史改変とも言える偉業であり、一介の姫の身に余る行為にも思えていた。

けれど、今回、私の言動は確実に彼らに作用した。光秀は活躍し、信長の中で彼の存在は大きくなった。ならば、この調子でシナリオは書き換え可能なのでは。私の中でむくむくとそんな気持ちが起こる。このまま光秀と信長の信頼関係をより強固にし、逆に謀反の原因になる事柄を潰してしまえば、本能寺《ほんのうじ》のバッドエンドは回避できるんじゃないかと。

ただ気がかりもある。ここがゲームのシナリオをベースにした戦国時代だとすると、結局、なぜ明智《あけち》光秀が謀反をしたのか、私にはその理由が絞れない。というのも、どのキャラクターを主人公にするかによって、光秀の謀反理由が異なるからだ。

信長シナリオでは、あえて明確な描写はなく、何となくだが、光秀は乱世を終わらせるために乱世の象徴たる信長を倒すような流れになっている。つまり光秀は、自ら天下人になるために立ち上がったというよりは、信長を倒した謀反人である自分を討った者こそ、次の天下人になるだろうという計算で立ち上がったように見える。だが、真意は誰にも分からない、という描き方だ。ある意味、信長と光秀は天下泰平のための共犯者となる、非常に美味《おい》しいエンディングだ。

一方で、秀吉シナリオだと、秀吉が主人公なだけあって、彼の活躍によって光秀は少しずつ立場を追われ、また信長の苛烈なやり方についていけなくなったことも相まって、光秀は謀反を決心するという風になっている。秀吉は光秀謀反の気配に薄々勘付きながらも止めない。彼の目は光秀の謀反の先を見据えていた、という筋書きだ。勝家や利家のシナリオもこのシナリオにかなり近いが、彼らのシナリオだと、秀吉があえて光秀を追い込んだような描写もある。

そして、肝心の光秀シナリオだが、それを確認する前に私は倒れた。志半ばで無念と言うほかない。知らない分、余計な要素が削れて、ある意味、功を奏したとも言えるのだが。

（とりあえず、どのシナリオにおいても、秀吉の存在は鬼門のはず。だけど、秀吉の活躍を下手に妨害して、織田軍がピンチになったら元も子もないし……あくまで光秀を活躍させる事だけを考えた方がいいかも。それと信長が苛烈な作戦を取ると、大体独りで思い悩んで謀反フラグを立てるから、ここはやっぱり相談に乗るとか？）

本能寺の変の回避という大それた歴史改変の話をしているはずなのだが、内容は完全に会社員のメンター制度のそれだ。部下の仕事の悩みを聞き、キャリアアップのため適切なアドバイスをして、時にメンタルケアをする。このノリで本当に本能寺の変の回避など出来るのか、自分でも疑いたくなるが、長篠合戦はまさにそれで理想通りに事が進んだ。そもそも歴史改変なんて言えば大げさだが、私がしようとしているのは、推し達を理想のシチュエーションに導くための画を描くという事。要は二次創作だ。

（ROM専が、読むに飽き足らず、自らペンを持つ。……オタクとしては、順当な流れじゃない）

私はこめかみに添えていた手を、月に向かって伸ばした。そしてぐっと握りしめた。「謀反フラグは全部へし折ってやる」の意味を込めて。できれば志を同じくする義兄弟があと二人ぐらいいれば心強いのだが、この拳ひとつに、歴史に強い私、ゲームに強い私、そしてポジティブな私、頼りがいのある三人分の力があるということにしておこう。月に照らされた白い拳を見て、私はふふっと笑いを漏らした。こんな頼りない腕で大それたことを思えるのだ。早速ポジティブな私の強さを思わずにはいられなかった。

8章　解釈違い

「お市《いち》様、何してるんですか？」

月に拳を掲げたポーズのまま、私は声のする方を振り返った。不思議そうな顔でこちらを見る秀吉《ひでよし》がそこにはいた。私は突然のことに、強く握りしめていた拳を意味もなく閉じたり開いたりしながら言葉を探した。

「ええ、月があんまり綺麗《きれい》だから、摑《つか》めそうだななんて」

「日の本に飽き足らず、月への征旅をお考えとは、さすが御屋形様の妹君でいらっしゃる」

おどけたようにそう言う秀吉に、私は苦笑いで応えながら腕をそっとおろした。よりによって、光秀《みつひで》×信長《のぶなが》ハッピーエンドルート一番の鬼門のお出ましである。

とは言え、私は秀吉というキャラクター自体は決して嫌いじゃない。10代の頃は、陽気で軽薄な感じのこのキャラクターが苦手だったが、大人になると、コミュニケーション能力が高く、柔軟で行動力のある秀吉はむしろリアルで職場に欲しい人材ナンバーワンとして一気に株が上がった。しかし今の私は藤芳壱子《ふじよしいちこ》ではない。お市として私は秀吉にたずねる。

「秀吉も酔い覚ましに？」

「いえ、酒はほどほどにしろ、と『ねね』に釘《くぎ》を刺されているもんで。今日はまだシラフですよ」

秀吉の言った『ねね』とは彼の妻で、のちに北政所《きたのまんどころ》と呼ばれる女性である。農家、もしくは足軽の家の出と言われている秀吉に対し、ねねはひとかどの立派な武家の娘で、二人は周囲の反対を押し切って結婚した。戦国時代の武家社会には珍しい恋愛結婚だ。ゲーム中でもねねは操作キャラクターとして出てくる。秀吉に一途《いちず》なゆるふわ系の奥様キャラを思い浮かべながら、私は言った。

「じゃあ月でも見に来たのかしら」

「どうして鉄砲など思いついたのですか？」

胸のあたりに夜風より冷たいものが吹き込んだ。鉄砲とは長篠《ながしの》での戦術の事だが、それは光秀の献策として通っていたはず。なぜ、策の発案が私だと秀吉が知っているのか。

怪訝《けげん》そうな私の顔を察したのだろう。秀吉は人懐っこい笑みを浮かべて言った。

「いえね、あまりに見事な作戦だったから光秀殿に訊《き》いたんですよ。野戦で鉄砲なんて、よく思いついたなあって。そしたら、お市様が騎馬隊に鉄砲を向けたらなんて話をしたそうじゃありませんか」

自分の手柄として黙っていればいいものを。どこまでも正直者な光秀に呆《あき》れつつも私は心の中でほっと息をついた。しかし、そうなると別の問題がまた発生する。

「野戦で鉄砲を使うなど、普通思いつく事じゃありません。弓矢や投石ならともかく前代未聞ですよ」

秀吉は相変わらず笑っているが、その目が笑っていないように見えるのは、この宵闇のせいか、それとも私の心にやましい部分があるせいか。秀吉の問いに正直に答えるなら、私には未来の知識があるからに他ならない。長篠の合戦は鉄砲戦術によって、信長が圧勝する、と。しかしこの時代、鉄砲はまだ籠城戦や林道での襲撃など、遮蔽物のある狭い場所で使うことが一般的だ。開けた場所だと弾を詰めている間に取り囲まれ手も足も出ないまま斬られてしまう。私は、慎重に言葉を選んでいった。

「……私や城の女たちの大半は、かの巴御前《ともえごぜん》のように自在に刀や薙刀《なぎなた》を振るう事は出来ませんし、弓矢もからきしです。ですが、侍女の中にあの鉄砲を使って、猪《いのしし》を仕留めた者がおります。その話を聞いた時、これは騎馬相手にも有効なのでは、と思ったのです」

侍女の中に鉄砲で猪を仕留めた者がいるというのは出鱈目《でたらめ》ではなかった。お局《つぼね》侍女のきのはある日無性に猪肉汁が食べたくなって、馬廻《うままわり》を務める旦那の火縄銃を勝手に拝借して山で猪を仕留めたという。

「あのすばしっこい猪もズドンと一発でやっちゃったんだから」と、きのは大笑いしていた。実際、これよりもう少し後の時代、鉄砲は農村で大切な害獣駆除道具として一般化するのだが、今はまだ庶民に広まるには高級品だった。

私はさらに言葉を続ける。

「矢も石も、その軌道は直線に飛ぶのではなく、上から降らせるもの。だから、扱うのにコツが要りますし、まして素早く動く相手に当てるのは至難の業。でも鉄砲は違います。あれなら迫ってくる騎馬に対して、真《ま》っ直《す》ぐ迎え撃つことが出来るでしょう?」

戦国時代、戦場での死因第1位は弓矢、2位は鉄砲、3位は槍《やり》、4位は石、5位がようやく刀だったと言われている。実は武士の魂とも言える刀に倒れた人の数は、飛んでくる石に頭をかち割られた人の数よりも少ない。近現代を迎えるまでもなく、この時代からすでに遠距離武器が猛威をふるっていたというわけだ。

その遠距離武器の中でも弓と鉄砲ではいくつか大きな違いがある。1つが、私の言った軌道だ。弓矢は近場なら直線的な軌道だが、遠くを射る場合は放物線の軌道を取り、面に降り注ぐ。どちらが優れているというわけではないが、機動力のある騎馬相手にゆるやかな放物線軌道は決して有効とは言えない。比べて鉄砲は近かろうが遠かろうが、射程圏内であれば原則、直線軌道の武器だ。迫りくる相手には実に有効な武器になる。

そしてもう1つの大きな違いが、兵士に求められる技量だ。弓矢は20~30メートル程度なら女性でも引き絞って飛ばせるが、訓練した成人男性ならその2、3倍の距離は飛ばせる。つまり有効射程が使用者の腕次第になってしまうのだ。一方、鉄砲は女、子供、なんなら怪我人《けがにん》でも撃てる。子供が撃つ場面はそうないだろうが、普段は鋤《すき》と鍬《くわ》を振るっている人々をほぼ訓練なしに人を殺せる兵士にすることが出来る。つまり兵力数の底上げという点でも鉄砲は極めて強力な武器だったと言えよう。

少し話が逸《そ》れてしまったが、私は秀吉が納得するように自分が鉄砲に着眼した理由を述べた。非力な者でも使えて、猪のように素早い獣でも倒せる武器。これは騎馬武者相手でも有効なのではないか、と。

「ただ私では鉄砲の欠点である、装塡だとか野戦での運用の仕方などは全然思いつきませんでしたから、ほとんど光秀殿の発案といって過言ではないでしょう。私はただ何となく思い浮かんだことを話してみただけのこと」

最初は少し思案しながらゆっくりと話していた私だが、ある程度考えがまとまってからは、だいぶ滑らかに舌が動いていた。

「お市様は本当に明晰《めいせき》であらせられる」

秀吉は笑っていた。私も笑って返す。

「まあ。私に世辞を言っても無駄ね。お兄様と違って私には何の力もないのだから」

「世辞なものか。お市様は本当に賢い。だからこそ不思議なんですよ。あなたほど聡《さと》い方が、何故《なぜ》、光秀ごときにそうも肩入れされるのか」

月に雲がかかったのか、秀吉の顔にかかる影が濃くなって、その表情の仔細《しさい》は分からなくなった。しかし声音から先ほどまでの軽やかさはすっかり失《う》せていた。

「肩入れ？　何のこと？」

「小谷《おだに》から戻ってからというもの、あなたの目は光秀ばかり追いかけている、自分にはそう見えるんですよ」

それはそう。彼は信長と並んで私の最推し。光秀×信長を成就させることこそ私の悲願。ただ、それでも特別視しているように見せないように、他の武将と距離感は等しくしていたはずだ。反論の言葉を探す私に闇の中から手が伸びた。秀吉が私の腕を掴んで、引き寄せる。間近で見たその顔からは、いつもの愛嬌《あいきょう》が消えていた。

「光秀は確かに優秀な男だ。だがつまらない男だ。そんな男よりも、お市様には自分こそが相応《ふさわ》しい」

(はあ!?)

声に出して叫ばなかったのは空気を読んだからではなく、物理的に叫べなかったからだ。唇で唇を塞がれる。腕を掴む手の力は強く、その掌《てのひら》の熱にぞっとする。

「……いっ！」

秀吉が竦《すく》み、私はその隙に彼の手を振りほどく。

「何も噛《か》むことはないじゃないっすか」

秀吉は舌をペロッと出していつもの軽薄な笑みを浮かべていた。だが目はやはり笑っていない。私はついさっき自分の口の中に入りかけたぬるりと熱い感触を思い出して、不愉快さに身震いした。

「まるで今にも殺しかからんばかりの目だ。とても姫君の目とは思えないっすねえ」

秀吉の言葉にハッとする。気が付けば私は自分の胸元の短刀の柄を強く握っていた。指の先まで血が充《み》ちるほどの熱い怒り。それは強引に唇を奪われた事に対してではなかった。妻帯者に言い寄られることの不愉快さ、浮気者への嫌悪感が、私の胸の深い部分をざわつかせていた。

高校を卒業して以来、口をきいていない父の顔が脳裏をかすめる。立派な学歴に、立派な職業で、優しくて理解のある、娘にとって自慢の父親。でも私と母を裏切っていたクソ男。

思い出したくもない中年男の顔がちらついた途端、私の頭は急速に冷めた。

(相手はゲームのキャラクターじゃない。何をムキになっているの)

自分の苛立《いらだ》ちの原因に気付き、それがあまりに馬鹿げたものだということにも気付く。

目の前にいるのは、戦国時代の武将をもとにしたキャラクター。そこに現実の倫理観を持ち出してどうするのか。この時代、秀吉だけでなく信長も、あの長政《ながまさ》でさえ、側室がいる。いないのは光秀ぐらいで、これは例外中の例外だ。そもそも私は、妻のいる男同士の恋愛を妄想しているのだ。浮気にキレるのは、ダブルスタンダードもいい所だろう。

そもそも私はこれまで創作上の不倫や不貞行為に過敏に反応したことなどなかった。それが今回に限って怒りの発作に襲われたのは、やはり自分が当事者として巻き込まれたという実感があったからか。この世界は推しを間近に感じられるが、思いがけない副作用ももたらすらしい。

怒りの炎に自嘲の冷水が浴びせられ、自己分析の境地に達するまで私は無言だった。私の心のうちなど知るよしもない秀吉は苛立たしげに言った。

「そんなに自分じゃ嫌なんすか」

冷めた頭で思う。イケメン武将に言い寄られて、強引にキスされる。もし私が夢女子なら、それこそ夢のようなシチュエーションだろう。けれど、私は夢女子ではない。

「あなたのことが嫌いなわけじゃない」

「じゃあ、どうして拒むんです？」

女好きという属性も含めて、私は秀吉というキャラクターが嫌いなわけではなかった。それは事実だ。だが、私は信長のことが好きな秀吉が好きなのだ。好きすぎて、自分も信長のようになりたいと暗い野心を燃やす、そんな秀吉が好きなのだ。だから、そのクソデカ感情のベクトルはこちらに向けられるべきものではない。私にとって、その熱はむしろ不愉快なだけなのだ。

「あなたが私を好きなのは、所詮、私が信長の妹だからでしょう。あなたが私に向ける感情は私への愛じゃなくて、お兄様への憧れなのよ」

「そんなことは……」

「絶対に違うなんて言いきれるの？　私を自分のモノにすれば、お兄様に近づける。そんな風にはちっとも思わなかったと？」

ゲーム中、秀吉はお市に思慕している描写がある。でもその想《おも》いは今言った通り、信長への憧れと一体になっている。史実でも秀吉はお市の娘、淀君《よどぎみ》を側室としてもらっているから、表面上の権威、そして感情においても、彼がお市に執着していたのは本当だろう。

私の言葉に秀吉は少し目を逸らした。図星というところか。

「おい！　一体何をしている！」

闇の向こうから雷のような怒号が轟《とどろ》いた。秀吉も私もハッとして声の方を振り返る。勝《かつ》家《いえ》だ。さっきまで茹《ゆ》でだこだった頬からはすっかり赤みも陽気さも抜け落ち、今はさながら岩を削ったような険しい顔つきで秀吉を睨《にら》みつけていた。

「秀吉……まさかお市様に何か失礼を？」

秀吉は苛立たしげに勝家を睨むだけ。下手に目を逸らせば、それは自分の非を認めることになる。かと言って反論したところで、私が今しがたの出来事を打ち明ければ、それで終わりだ。

いっそここで秀吉を告発して彼を失脚させるのはどうだろう。私の中でそんな考えが浮かぶ。だが……

（織田《おだ》軍にとって秀吉の失脚は大きすぎる。というか、そうなったら私の全く知らない歴史が始まって、本能寺《ほんのうじ》どころじゃなくなる）

秀吉は光秀にとって厄介な人物ではあるが、取り除くには大きすぎるピースなのだ。彼のいない織田の未来が私には予測出来ない。彼を取り除くのではなく、彼の脅威だけを取り除く方法はないだろうか。私がそんなことを思っている間にも勝家と秀吉の睨み合いは続く。軽薄な合理主義者と昔気質《むかしかたぎ》の武人。水と油の喧嘩《けんか》ップル。組み合わせとしては、たしかに美味《おい》しいが、実際に争うのは賤ヶ岳《しずがたけ》まで待ってもらいたい。

「なに、相撲でも始めるの？」

「勝家様だけ狡《ずる》いぜ〜。相撲なら俺も混ぜてくれよ」

この場にまた新たな登場人物が二人増えた。濃姫《のうひめ》と利家《としいえ》だ。利家は酒瓶を持っている。酔いの覚めた勝家と打って変わって、こちらはすっかり出来上がっている。ふにゃふにゃとしている利家と違い、濃姫はあの氷のような眼差《まなざ》しで私や秀吉、そして勝家を一瞥《いちべつ》した。

「めでたい席を血で汚すのだけは止めてよね」

それだけ言うと、濃姫は踵《きびす》を返《かえ》して、さっさと館の方に戻っていった。

「お市様……」

勝家が判断を仰ぐように私を見た。濃姫が何と言おうと、私が頼めば秀吉を処す覚悟があるという事か。

「秀吉はただ私の様子を見に来ただけです。夜風に長く当たると風邪をひくと。ね？」

私は秀吉の方をちらりと見た。だいぶ苦い笑みが張り付いている。

(ここで恩を売っておけば、いざという時に役立つかもしれないし)

そんな浅い打算で御せる男かはわからない。が、ここで始末するべき男ではないはずだ。

「さあ、もういい時間です。皆、館に戻りましょう」

私がそう言うと利家が不平を鳴らした。

「ええ〜、相撲大会やりましょうよ」

「そんなに相撲がとりたいなら、庭のあのデカい銀杏《いちょう》相手にとればよかろう」

呆《あき》れながら勝家がそう言うと、「そっか」と利家は庭園の林の方へ走って行ってしまった。

「ちょっと、あれ正気なの？」

私の疑問に「ええ」とほぼ重なるように男たちが答えた。

9章　マムシの娘

宴《うたげ》の翌朝。私は布団の中で自分の体がひどく重いことに気付いた。起こしに来たつなも私の異変に気付き、慌てて私の額に手の甲をあてた。

「熱があるようですね。宴の席で夜風に当たったのが原因でしょうか」

「我ながら情けない……」

「お薬と、何か口にしやすいものをお持ちしましょう」

しばらくしてつなは、薬と一緒に蕪《かぶら》のすり流しを持って来てくれた。すり流しは、とろりと甘くのど越しも滑らかで、食欲がなかったことも忘れて、私はお椀《わん》の底の一滴まで飲んでしまった。つないわく、味付けは塩だけなのだそう。

「お市《いち》様がそんなに蕪が好きだったなんて。お身体《からだ》が治りましたら、今度は煮物でも作って差し上げます」

蕪の煮物なんて何年食べてないだろう。実家にいた頃は、蕪に限らず煮物はよく母が作ってくれた。けれど、ひとり暮らしで煮物なんて作る勤勉さを私は持ち合わせていなかった。

私が白湯《さゆ》で薬を飲み干すのを見届けてつなは部屋から出て行こうとした。

「あの、つな」

「何でございますか？」

布団に横になりながら、立ち去るつなの後ろ姿を見ていたら、気が付いた時には声が出ていて、自分でも何故《なぜ》、彼女を呼び止めようとしたのか、わからなかった。「えっと」と言葉に詰まる私につなはそっと笑いかけると、再び布団のそばまで寄ってきてくれた。

「お市様が眠くなるまで、しばしご一緒させていただきますね」

私は頷《うなず》いてそっと目を閉じた。闇の中で私を苛《さいな》む悪寒は、現代の藤芳壱子《ふじよしいちこ》の最期の数日を蝕《むしば》んだそれとよく似ていて、私は闇を恐れる子供のように布団の中で手足をぎゅっと丸めて縮こまった。

＊＊＊

目を覚ました時、私は首だけ動かしてあたりを見回した。まだ明るい部屋の中は、誰もいなかった。

（……つな、どこだろ）

眠る前よりは多少マシな気もするが、倦怠感《けんたいかん》は相変わらずで、まだ体の芯が熱っぽい。上体を起こすだけでも、もう心がくじけそうだったが、私は布団から出ようとした。その矢先、部屋の襖《ふすま》ががらりと開いた。

「あら、なんだ起きてたの」

「お、お義姉様！？」

予想外の人物に、私は自分でも驚くような声を上げた。濃姫《のうひめ》は面倒くさそうな顔をしながら私の方に近づいてきた。

「あの人からのお見舞いよ」

濃姫は両手に抱えていた麻の葉柄の布の包みを私の布団の横に置いた。布の包みを解くと籠いっぱいの果物が現れた。黄色くて大きな楕円《だえん》形のそれは、まくわ瓜《うり》だろう。それに橙色《だいだいいろ》の枇杷《びわ》、あと赤くて小さな果実はさくらんぼだろうか。見慣れたものより、細長いその赤い実の軸部分を摘まんで持ち上げる。

「茱萸《ぐみ》の実は頭痛や冷えに効くのよ」

そういえば、子供の頃、母の田舎で祖母と一緒に採ったことがあった。真っ赤な実はさくらんぼより甘くて美味しいのだが、食い意地をはってまだ青い実を食べた日にはしばらく舌がイガイガするほど渋い。さいわい籠の中の茱萸はどれも真っ赤に熟れていた。これも信長《のぶなが》の心遣いということだろうか。

「体、もう大丈夫なの？」

「ええ、まだ少し熱はありますけど、寝たら少し楽になったので」

「……本当に熱なの？」

そう言って私を見る濃姫の目は、これまで以上に鋭かった。熱の倦怠感も忘れるほどの緊張感。これがマムシの娘の本領か。今の私は蛇ならぬマムシに睨まれた蛙《かえる》だ。しかし、蛙の方にはマムシに睨まれる理由が何も思いつかなかった。いや、蛙が蛙というだけでマムシにとっては睨むに値するのかもしれないが。濃姫が私の肩を掴《つか》んで言った。

「正直に言って。昨日、あの猿に何か変なことされなかった？」

「……え？」

私は素っ頓狂な声を上げた。そんな私を見て、濃姫は、はあ、と脱力したように溜息《ためいき》をついて、私の肩から手を離した。

「その様子じゃ特に何もなかったのね。よかった。あの馬鹿、女遊びが激しすぎて、ねねが泣きついて、とうとう信長様自らお叱りになったぐらいですもの。正直、あなたに手を出すぐらい、やりかねないんじゃないかと」

なるほど。濃姫が危惧していたのは、私が秀吉《ひでよし》に乱暴されて、それで体調を崩したのではないかということ。あながち的外れでもないが、さいわい、全ては未遂で終わっている。

「ご心配ありがとうございます。でも、今回は本当にただの風邪なので」

「そうみたいね。あなたの体、湯たんぽみたいにあっついもの。夜風に当たったせいか、それとも心労がたたったのか……ともかく無理は禁物ね」

「心労？」

私が訊《き》き返せば、濃姫は視線をやや斜め下に逸《そ》らした。

「小谷《おだに》のことがあってから、あなた、何だか波があるように見えるの。この1年ぐらいはずっと静かで、表面上はしっかりしていたけれど、心はどこかに置いてきたような、それが、長篠《ながしの》の合戦の前ぐらいから精気が戻った代わりに妙に浮つきだしたというか……」

濃姫の言葉に私はハッとする。この1年というのは、私がお市の日記を読んで気を失っていた期間ではないだろうか。私の記憶がなかった期間も、お市はちゃんと地に足をつけて生活していたことになっているらしい。むしろ今の方が浮ついているというのだから、私のロールプレイはやはり雑なのだろう。

「まあ、あなたと長政《ながまさ》は仲が良かったそうだし、1年経《た》とうが、いいえ、時間が経てば経つほど、応えるものがあるんでしょうね。かく言う私だって、実家が滅ぼされてしばらくは落ち込んでたものよ」

濃姫の生家、美濃斎藤《みのさいとう》家を滅ぼしたのは誰でもない織田《おだ》信長だ。濃姫の父・斎藤道三《どうさん》は信長には目をかけていたが、跡を継いだ息子・斎藤義龍《よしたつ》との仲は最悪だった。義龍は父・道三のことも信長のことも気に食わず、父親を滅ぼすとそのまま信長と対決姿勢を取った。本来であれば、濃姫はお市が織田家に帰ったのと同じように、斎藤家の姫として美濃に戻るのが筋だった。しかし彼女はこうして今、私の目の前にいる。

「別に父があの人に目をかけていたから、こっちについたわけじゃないわ。私は私の意思でここに残った。だからこそ、斎藤家がなくなった時、その選択の責任は自分で背負わなくちゃいけなかったのだけど」

濃姫の目はどこか遠くを見つめていた。

「結局、自分で決めようが、周りに流されようが、後悔するときはするもの。ただ、悩んだところで、一度選んだ道を引き返すことなんて出来ないのだから、悩むのはほどほどになさいね」

濃姫はそう言って私に笑いかけた。もし姉がいればこういう距離感なのだろうか。実際に姉のいるわけではない私には分かりかねるが、そう思える優しさと頼り甲斐《がい》のある微笑《ほほえ》みだった。

普段の氷のような態度からはかけ離れているが、その実、情が深い人なのかもしれない。いわゆるツンデレというやつ。ゲーム中ではこんなデレるキャラクターではなかったはずだが。くわえて、光秀《みつひで》に対してもそこまで攻撃的だった記憶はない。もしかして、それには何か理由があるのだろうか。私は意を決して訊《たず》ねた。

「そういえばお義姉《ねえ》様と光秀って、斎藤家からのよしみなんですよね？」

「そうよ。あれの父は私の母の兄で、子供の頃からよく知ってるわ。昔から文武両道で、秀才の誉れが高い、まあ、今と変わらず真面目な男よ。私の父に仕え、義龍と父が対立した時も、大半が義龍についたにもかかわらず、父に仕え続けた。だから美濃が義龍のものになってからは、諸国を放浪するのだけど、その間も朝倉《あさくら》や将軍家に仕えてみたり、医術を学んだりしたって言うんだから、あらゆる方面において学ぶことに余念がないのね。それだけ向上心が強いくせに、野心はないのだから、本当に阿呆《あほう》ね」

濃姫は苦々しく吐き出した。

「……お義姉様は光秀に何か恨みでもあるのですか？」

私の言葉に、すっかりぬるくなっていた濃姫の瞳がまたカッと光を帯びた。

「あるに決まっているでしょう。長良川《ながらがわ》の戦いのあと、行き場のないあいつに信長様自ら声をかけたのに、その誘いをふいにしてふらふらと諸国を放浪するなんて！　そのくせ、結局うちに来るのよ！　だったら最初から来なさいよ！　そうしたら、他の家臣に大きな顔をされることもないじゃない！　昔から、本当に間が悪いったらありゃしない！」

（そういうことか！）

これはマイペースな主人公にイライラするツンデレ幼馴染《おさななじみ》と同じ怒り方だろう。濃姫としては、あくまで恋愛対象は信長だが、幼馴染として光秀にもそれなりに、いや、かなり、愛着の念は深いように思えた。故郷を失った濃姫にとって、光秀は数少ない美濃時代の知己というのも大きいのかもしれない。信長陣営には稲葉山《いなばやま》合戦以降、美濃三人衆をはじめ斎藤家の将も多く降《くだ》ったが、大半は義龍についていた者たちだった。

「ま、ああいうボンヤリした所があるからこそ、信長様のように苛烈で強引な方に引っ張ってもらったり、時に叱咤《しった》してもらうぐらいが丁度いいのよね。市、あなたも分かるでしょう？」

ふふっと濃姫は口元に艶っぽい笑みを浮かべて私を見た。風向きが変わる。

（まさか……）

「あなたも、光秀が信長様の言動に一喜一憂したり、戸惑うのを見ると、ゾクゾクするんでしょ？」

これは、推しを愛するがゆえに、推しの苦しむ顔が見たくなってしまうオタクの業そのもの。その心情は、痛い程わかってしまう。しかし、だ。

「信長様に無理難題を言われて弱っている時の光秀が一番輝いていると思うわ。ああでも、至極真っ当な事を言ったにもかかわらず理不尽に叱られた時の犬みたいにしょげている顔も捨てがたいわね」

うっとりとした様子で濃姫は言う。気持ちはわからなくはない。が、彼女とは決してわかり合えない、それが私の結論だった。

（こいつ信長×光秀の逆《カ》カ《プ》女だ！）

不思議なことに、カップリングの解釈は完全に一致するのに、カップリングの左右、つまりどっちが受けでどっちが攻めか、そこだけが逆になる、そういうまるで鏡合わせの人間がいる。私と濃姫はまさにそれだ。私も信長の強引さに振り回される光秀が大好きだ。

だが、だからこそ、そんな信長に仕え続ける光秀こそ、信長への愛が重い攻めだと私は結論付けた。ある意味捻《ね》じれた思考で、「精神的には限りなく信光《のぶみつ》なんだけど、やっぱり光信《みつのぶ》なんだよ」とは学生時代から私が何度も言い続けたことだ。だが、濃姫の口ぶりからすると私のような捻じれた考え方はせず、ストレートに光秀が受けということなのだろう。

私は逆カプも楽しめるタイプの腐女子ではあるが、今回ばかりは濃姫の主張を手放しで容認は出来なかった。

「気持ちは、その、わからなくはないのですが、あまり大勢の前で光秀をなじると、本当に信長様の心象に響くかもしれませんので、ほどほどに……」

「うふふ、市は心配性ねえ。でも、信長様が、私の言葉如《ごと》きで家臣への評価を変えるお方かどうかはあなたも知っているでしょう？」

たしかにそうなのだが、本能寺《ほんのうじ》の変という未来を知っている私としては何ひとつ油断できなかった。仮に濃姫の言葉で信長が光秀への信を失わなかったとしても、光秀の方が不満に思えば、それが引き金になることだってありうる。私は気が遠くなる思いで額を押さえた。

「あら、熱があるならちゃんと寝てなくちゃ駄目よ。って、私が起こしたのよね。ごめんなさいね。置くものも置いたし、私はこれでお暇《いとま》するわ」

早口だが、その言葉の端々からは義妹に対する労《いた》わりが感じられた。決して悪い人ではない。よくよく考えれば、昨日、勝家《かついえ》と秀吉の一触即発の事態にも、絶妙なタイミングで利家《としいえ》とともに駆けつけてくれた。

（優しくて頼りがいのある義姉。しかし逆カプの女とは……）

頭がずーんと重いのは熱のせいだけではないだろう。誰もいなくなった部屋のなか、私は再び布団に倒れ込んだ。

10章　サルの嫁

長篠《ながしの》合戦から2か月と少し。夏はあっという間に盛りを過ぎ、すでに秋の気配が、特に夕暮れから夜にかけて感じられた。宴《うたげ》から数日も経たず私の熱はすぐに下がったが、合戦以降、織田《おだ》軍の士気は高まる一方だった。信長《のぶなが》は甲斐《かい》の脅威がなくなった今こそ好機と、越前《えちぜん》の一向一揆《いっこういっき》の平定を決めた。城は俄《にわ》かに活気づいた。

私はといえば、特に何をするでもなかった。この合戦では史実でもゲームでも光秀《みつひで》と秀《ひで》吉《よし》が活躍し、織田軍が勝利すると知っていたからだ。

「お市《いち》様、信長様がお呼びです」

信長自ら出陣するという前日になって、私はつな伝《づて》に信長に呼び出された。

「なんの御用でしょうか？」

「俺は明日、秀吉が守る小谷《おだに》城に泊まり、そこから敦賀《つるが》へと進軍する。して、市。お前も小谷までともに来い」

「私が小谷にですか？」

「お前にとって、かつての居城だろう。今一度その姿を見たいのではないかと思ってな」

お市にとって小谷城が思い出深い土地なのは間違いない。信長なりの妹への優しさということなのだろうか。お市の日記を読んだ後だと、むしろ癒えかけた傷口を抉《えぐ》るような行為だという気もするのだが、私にとっては別に痛くもかゆくもない。この戦い、ゲームではたしかにお市も織田軍として参戦していたから、これがこの世界でのお市の現実的な参加方法なのだろう。

「ご厚意感謝いたします。ぜひお連れください」

私はそう言った。

「よかった。実はねねが、お市、お前に会いたがっていてな。たっての願いだったのだ」

（ねねが？）

少し不思議に思ったが、ゲーム中のねねはその夫以上に人懐っこい女性で、お市のことも御屋形様の妹君として慕っている。そう不自然なことでもなさそうだ。私は早速、明日の出発の準備のため、その場を辞した。

＊＊＊

岐阜の城を発《た》って翌日の朝には小谷の城が見えた。

「お市様、城でございます」

供についてきてくれたつながそう言って、輿《こし》の御簾《みす》を上げた。朝焼けを背景に聳《そび》え立《た》つ山城に私は思わず「わあ」っと声を上げた。

「たった2年ほど前の事なのに、懐かしく思いますね」

つなは、私の感嘆を長政《ながまさ》との昔日を懐かしんでのことだと思ったのだろう。実際は、今ここにいる私にとっては馴染《なじ》みのないただの美しい風景でしかなかった。ところが不思議なことに、私はこの景色に既視感のようなものを覚えていた。

（……取材で来たのもこの辺りだったっけ）

そういえば、現実で最後の取材は、嵐の琵琶湖《びわこ》畔だった。そこからは小谷の山も見えていたように思う。とは言え、取材地は湖で、小谷はかなり遠目だったはず。やはり懐かしさなど無縁のはずなのだが。不思議に思っているうちに、輿は城下町を通り、奥の城館に着いた。

「信長様、お待ちしておりました」

秀吉は恭しくこうべを垂れ、信長たち武将らを館の奥に迎えた。早速、軍議に取り掛かるのだろう。今回、信長とともに入城したのは、光秀ほか勝家《かついえ》と利家《としいえ》、佐久間信盛《さくまのぶもり》、滝川一益《たきがわかずます》、丹羽長秀《にわながひで》など、長篠合戦と同じでほぼ織田軍オールスターズといった面々である。

秀吉が一瞬、輿から降りた私の方をちらりと見た気もするが、すぐに目を逸《そ》らした。秀吉と会うのはあの宴席以来だ。さすがに気まずいのか、それとも何も感じていないのか。秀吉というキャラクターを考えると後者のような気がする。そんな事を考えていた私に、柔らかな声が投げかけられる。

「まあまあお市様！　遠くからよくお越しくださいました！」

秀吉の正室、ねねだった。見た目はお市よりやや年上の20代半ば、優しい印象を与える大きな垂れ目とふっくらした唇、そしてゆったりした喋《しゃべ》り口がいわゆるママ味を感じさせるおっとり美人だ。

「岐阜からの旅でお疲れでしょう。お部屋を用意しておりますので、さあさあ、お供の方もご一緒についてらしてくださいな」

ねねはそう言うと私の手を引いて、館の奥へと案内していった。パーソナルスペースが狭いタイプらしい。やや面喰《く》らったが、不思議と嫌な気分はしなかった。

「私は部屋の外でお待ちしていますから、お二人でゆっくりしてらしてください」

部屋の前でつなはそう言って敷居《しきい》を跨《また》ぐことを辞した。ねねも無理強いはせず、部屋には私とねねだけが入った。

「佐吉《さきち》、お茶をお願い〜」

ねねが部屋の外に声をかけると、間もなくひとりの少年が茶碗の2つ載った盆を持ってやってきた。

「この子は秀吉の小姓の佐吉です。とても利発で働き者なのですよ」

少年は切れ長で涼しい目元に、いかにも賢そうな顔立ちをしていた。

「初めましてお市様」

少年は三つ指を立てて美しいお辞儀をした。

「どうぞよろしくね」

私はにっこりと落ち着き払って返事をしたが、内心では興奮しきっていた。

(石田三成《いしだみつなり》！)

そう、秀吉の小姓の佐吉といえば、のちに徳川家康《とくがわいえやす》と関ヶ原《せきがはら》で覇を争う、あの石田三成だ。ゲームのシリーズ3作中では、1では未登場だが、2では舞台が関ヶ原に移り、主役のひとりとして大活躍し、人気のあるキャラクターとなっている。3でも2ほどではないが、しっかり登場し秀吉の遺志を継ぎ、活躍していた。

「こっちはもう大丈夫だから、秀吉様のところに行ってあげてね。ほら、虎《とら》や市松《いちまつ》だけだとちょっと心配だから」

「承知いたしました。では」

佐吉は再び丁寧に頭を下げて部屋を出て行った。

私はねねにすすめられてお茶をすすった。まだ残暑の厳しい季節に相応《ふさわ》しく、よく冷えたお茶だ。やはり三献茶の逸話は本当なのだろうか。そんな事を思いながらほっと一息をついていると、ねねは茶碗を盆に置いて、私の方を見た。

「お市様、私、どうしてもお市様にお話ししておきたいことがあるんです」

「なにかしら？」

「その節は、夫が大変ご迷惑をおかけしてしまい、誠に申し訳ございません!!」

ねねはそう叫んで勢いよく土下座した。ごん、と鈍い音がしたぐらいだ。私は慌ててねねの顔を上げさせようとするが、彼女は額を畳にくっつけたまま動こうとしない。

「ちょ、ちょっと！　そんなことしなくていいんだって！　顔を上げて！　いや、上げなさい！」

「いえ、夫の不始末は妻の不始末。この際は私の首をかけて償うほか……」

「気にしてないから。秀吉のことは許してるから。あなたにも償う罪なんてないわ！」

やっとねねの体から力が抜けて、顔を上げてくれた。

「本当ですか!?　ああ、お市様！　なんとお優しいのでしょう！」

額にくっきり畳の目の跡をつけて、潤んだ瞳でねねは私を見つめた。

「別に何かされたわけじゃないし、秀吉殿もお酒の席で、つい羽目を外してしまったのでしょう。その程度のことで信長様の大切な家臣を損なうのは、私としても不本意ですし」

「まあ！　さすが御屋形様の妹君！　そのご寛恕《かんじょ》に感謝いたします～！」

「それよりも、秀吉殿の一件、なぜあなたが知っているの？」

秀吉との一件を知っているのは当人と、濃姫《のうひめ》と勝家だけ。利家はその場にいたが、除外して良いだろう。勝家がねねに告げ口するとは思い難《がた》いし、濃姫もこの件に関してはむしろ大ごとにならないように動いた側だ。秀吉に至っては、浮気した本人がわざわざ申告するとは思えないのだが。

「夫が白状しましたから」

ねねの答えは私の予想をあっさり裏切った。

「宴の翌日でしたか、その晩はお酒の飲み方がいつもより荒っぽかったので、何かあったのかと訊《き》いたところ、洗いざらいお話ししてくれたんです」

「洗いざらい……」

「ええ、お酒の勢いでお市様に迫って、それはそれは手ひどく振られたと。絶対嫌われたし、御屋形様に報告がいったらもうお終《しま》いだ。辛《つら》い、死にたいと、頭を抱えながらわんわん泣き喚《わめ》いていました」

「ええ……」

あの頭のよく回る織田軍イチ要領の良《い》い男が、そんな不器用で無様な姿を晒《さら》すのだろうか。俄かには信じられなかった。夫への同情を買うためのねねの狂言なのではという考えがちらりと浮かんでしまう。私の疑惑の眼差《まなざ》しなど気づかない風で、ねねは溜息《ためいき》を吐きながら言う。

「うちの人の口癖は『所詮、自分は成り上がり者』。本心では決して自分自身を高く評価していなくて、そういう部分を隠すために殊更、人前でおどけてみせたり、自信家ぶるんです。でも、うちに帰ってきたら、その日の自分の発言を思い出しては、『信長様に呆《あき》れられたんじゃないか』『光秀殿の気分を害したんじゃ』とうんうん唸《うな》ってしまって……はあ」

つまり、出自のコンプレックス、自己肯定感の低さ、それらが裏返ってあの軽薄で要領の良い男が出来上がったということか。

(何それ、最高じゃん……)

闇の深い陽キャに、私は迂闊《うかつ》にも萌《も》えていた。一度は胸の短刀を突き立ててやろうと思ったほどの相手であっても、喉元過ぎれば何とやら。萌えは怒りに勝るらしい。

「あの人の女遊びが激しいのも、多分、そういう部分に由来するのでしょうか」

ねねは、ひと際深く溜息をついた。男が自尊心を満たす手っ取り早い方法のひとつが、異性にチヤホヤされることなのは現代も戦国時代も変わらないらしい。

「それに私と秀吉様の間には子供もいませんから、多少は仕方ないとは思っているんですけどねえ」

(不妊か……)

現代でも多くの夫婦を悩ませている問題だ。記憶の深い部分がチクチクする。

「あなたが男の子を授からなかったのも問題なのよ」

父の浮気が発覚し、父方の祖母も交えての家族会議が行われた時、祖母が母に向かって吐いた言葉だ。私の母も子供ができにくい体質で、本当は二人目が欲しかったが、どうしても授からなかった。私は隣にいる母が息を呑《の》むのがわかった途端、叫んでいた。「死ねよ！　お前ら！」と。私の目の前に座っていた祖母は唖然《あぜん》として、しばらく声を失い、それからようやく「お父さんに向かって、そんな言葉遣いは駄目でしょ」とわけの分からないことを言った。「お前ら」と言ったのが聞こえなかったのか、それとも聞こえていても理解できなかったのか。そのあと私は「みんな死ね！　死んじゃえ！」と泣きじゃくりながら自分の部屋に引っ込んだから、そのあと大人たちが何を話したかは知らない。高1の終わりの春のことだ。

(何の話だ……)

記憶の寄り道を私の右手がトントンと戒めていた。不妊は現代でさえ、厄介でデリケートな問題なのだから、医学の発達していないこの時代ならなおさらだ。産めないなら治療ではなく、他の相手をあてがう他ない。側室というのが存在するのも分からなくはないが、やはり私の倫理観ではすんなり受け入れるのは難しかった。ただ、それは現代人の私にとって『結婚＝恋愛結婚』という前提があるからだろう。お市も濃姫も、見ず知らずの相手の元に、家同士を繋《つな》ぐ役目のために嫁いだ。恋愛感情は、むしろ結婚という行為の副産物に過ぎない。それが戦国時代の姫の結婚の原則。ただ原則があれば例外もある。この時代に珍しく、自分たちの心に従って結婚したのが目の前のねねと秀吉だ。自分の意思で決めた相手なら、なおさら裏切るような真似《まね》はするな、と私は思わざるをえない。

「事情はわかったけれど、誰彼見境なく手を出して良い理由にはならないでしょうね。あなただっていい気分じゃないみたいだし」

ねねの憂いに満ちた目を見るにつけても、そう言わざるをえなかった。

「それはもちろん。だからお市様のことを聞いた時も、今度こそあの人のマラをちょん切って琵琶湖の鱒《ます》の餌にしてやろうかと包丁まで用意したんですから。後生だからと頭を下げて謝られたのでやめましたが、もしお市様がお望みなら今すぐにでも狩ってきます」

ねねは私の両手を彼女の両手でぎゅっと包んでそう言った。温かくて柔らかなこの手がそんな物騒な真似をするところを想像したくはない。それに琵琶湖の鱒だっていい迷惑だろう。

「あなたの気持ちだけで十分だから、ね？　秀吉の女遊びについては、私の方からも、お兄様に角が立たないように諫《いさ》めてもらうよう言っておくから」

「ああ、本当にどこまでもお優しい方！　ねねは感激です〜」

私の手を握るねねの手に力と熱がこもる。それは柔らかいのに、離れがたい強度としなやかさがあった。

「ねね様、秀吉様たちの話し合いがお済みになったようです」

障子戸を薄く開けて佐吉がそう伝えに来た。ねねは「わかりました」と頷《うなず》き、私の手をぱっと離して立ち上がった。

「では私は饗応《きょうおう》の準備がありますので、これで。お市様はここでしばらくおくつろぎになっていてくださいね～」

そう言ってねねは佐吉とともに廊下の向こうに消えていった。ねねと入れ替わりで、部屋の外に侍《はべ》っていたつなが入って来た。

「なかなか面白い方ですね」

「聞こえてた？」

「ええ。時々お市様の素っ頓狂な声が聞こえましたので、そのたびに中に入った方がいいか悩みました」

ははは、と苦笑する私に珍しくつなは厳しい眼差しを向けていた。

「お市様、こんなことを言うのは失礼だと存じていますが、あえて申します。ねね様にはご用心なさった方がいいかと思います。なんというか、あの方は油断ならないというか、秀吉様と同じで、人の懐に入るのが上手なのだと思います」

「いいように言いくるめられて、旦那の出世のダシにされるとか？」

「そこまであからさまな感じではないのですが……」

つなの危惧は何となくわかる。ねねは自分のペースに相手を巻き込むのが上手《うま》い。ただそれが意識的な打算とは思えなかった。職業柄、打算的で猫の皮を100枚かぶった女たちを山ほど見てきている。そういったものを見抜くのは得意なつもりだった。ねねは賢いが、言動の底に黒いものを感じさせはしなかった。

「まあ、濃姫様に比べれば可愛《かわい》いものよ」

「濃姫様？」

「いえ、何でもないわ」

結局、ねねが打算的であれ、真性の人たらしであれ、私の光秀×信長ハピエンルートを阻むのでなければ、さして脅威とは思わなかった。しかし、つなはなおも不満そうだった。

「あの方はお市様に対して、距離が近すぎます……」

それはつなにしては子供っぽい言い分だった。

＊＊＊

ねねたちが立ち去って1時間ほど経《た》った頃、佐吉とは別の少年が私たちを呼んだ。

「い、一席設けましたので、お市様もお越しください！」

粗相があってはいけないと気負っているのか、ぎこちなくも一生懸命さが伝わるその姿は微笑《ほほえ》ましかった。少年は名乗らなかったが、多分、お虎こと、のちの加藤清正《かとうきよまさ》だ。というのも左頬にバツの傷があるのが、ゲーム中、成人した彼の容姿と似ていた。

お虎に連れられていった大広間には、すでに見知った面々がいた。座敷《ざしき》の最奥に胡坐《あぐら》をかいた信長に、秀吉が打ち鮑《あわび》と搗栗《かちぐり》と昆布の三宝の載った膳を運ぶ。続いて、佐久間信盛が信長の杯に酒を注いだ。杯をあおり、まず鮑を口にし、再び酒を含み、次に搗栗。そしてもう1杯と共に昆布を口にする。出陣前のこの一連の儀式は『敵を討ち、勝ち、そして喜ぶ』という意味が込められているのだと、何かの小説で読んだ事があった。

信長は杯を持ったまま立ち上がった。

「我らは越前から本願寺《ほんがんじ》とそれに連なる者を一掃する。神仏を畏れるなら、なおさら、神仏を騙《かた》り、民草を惑わす邪宗の徒を悉く《ことごと》殲滅《せんめつ》するべし」

ことさら大声というわけではなかったが、その声は床や壁によく響いて、その震えが体にも伝わってくるのがわかった。信長がカッと目を見開く。そして大きく腕を上げ、床に杯を叩《たた》きつける。パリンと小気味いい音を立てて、杯は割れた。座敷中から「えいえい、おー！」の唱和が響いた。

＊＊＊

宴《うたげ》というのは、最初こそ形式に則《のっと》るが、時間が経つとぐずぐずに崩れていく。本当に明日敦賀に出陣するのか、赤ら顔のおっさんたちが幾人も床で寝ていた。今も、よだれを垂らして座敷の真ん中で寝ている利家を、光秀と勝家がそれぞれ肩と足を持ち、誰かに踏まれないように座敷の端っこに移動させている最中だ。

かたや床中に転がった酒瓶をねねが甲斐甲斐《かいがい》しく拾い集めている。私も立ち上がり、ねねの足元に転がっていた空の酒瓶を拾う。

「これ、どこに持っていけばいいかしら？」

「お市様！　いえ、お客人の手を煩わせるなんて、とんでもありません！」

「気にしないで。あんまりじっとしていられないタチなの」

ねねは「それなら」と申し訳なさそうにしながらも納得してくれた。ねねと空いた膳を厨《くりや》に下げ、新たに重い酒瓶を取り出す。

「さすがにそろそろお酒は控えさせた方がいいんじゃない？」

「大丈夫ですわ〜。そちら、中身は琵琶湖ですので」

「え？」

「要するにただのお水です」

ふふ、とねねは笑ってみせた。

「琵琶湖の水は甘くて美味《おい》しいので、へべれけさんたちは清酒と勘違いしちゃうんです。あ、信長様のは最初の乾杯以外、全部これに替えておきましたから」

これはなかなかの策士だと私も微笑して、ともに瓶詰の琵琶湖を持って座敷に戻った。

ちょうど信長は秀吉に絡んでいるところだった。

「3万、いや、海上の金森《かなもり》と原《はら》の軍を含めれば5万の兵の補給を無駄なく調えるとは、さすがだな、秀吉」

「いえいえ、算盤《そろばん》を弾く程度、猿でも出来ますんで」

信長の頬はすっかり赤い。まだ余裕のありそうな秀吉と比べると一目瞭然だった。少なくとも信長は最初の小杯3杯を飲んだきり、そのあとはひたすら水を飲んでいたはずなのだが、とことん弱いらしい。信長の空いた杯にねねは水を注ぎながら言う。

「日頃から、うちの人は信長様のためなら命も惜しくないと言って、もう、それはそれは、うるさいんですよ。今回の出陣に際しても、万が一があってはいけないと、兵糧のお米の一粒まで自分で確認してて……」

「ねね！　お米一粒は言いすぎだ！　いやあ、ほんと大したことはしてないっすよ……」

秀吉の顔はみるみるうちに赤くなっていった。急に酔っ払ったわけではなければ、これは羞恥心というやつだろうか。宴の前にねねから聞いた話を思い出す。秀吉は決して自己肯定感が高いわけではない。だからこそ、自信家ぶって振る舞う。つまり、人前で余裕ぶって見せるために、影では相当努力しているのだろう。そういう人間にしてみれば、影の努力を明かされるのは、顔から火が出る程恥ずかしいに違いない。

「ほほう。全く可愛い奴だ。これは兵にも徹底せねばな。秀吉の米を一粒たりとも無駄にするなと」

秀吉の想《おも》いはともかく、ここまでしてくれる家臣がいて嬉《うれ》しく思わない者はいないだろう。信長は満足そうにニヤリと笑った。秀吉は相変わらず赤くなったままバツが悪そうに「はあ」とお茶を濁している。

まさか、謀略も愛嬌《あいきょう》も全て計算づくの男でも、こういった不意打ちには弱いのか。ギャップ萌《も》え。とんでもない性癖の塊が私の心の扉をノックして、なんなら今にも扉をぶち破ってきそうだ。しかし、私には最初に心に決めた推しカプがいる。ここで信念を曲げるわけにはいかなかった。

私はニヤケそうになる口元を着物の袖で隠しながらちらりとねねの方を見た。信長と秀吉を直視すると、いよいよ我慢できなくなりそうだったからだ。

「やっぱり信長様に褒められて照れてるあの人が、一番かわいい～」

ねねは恍惚《こうこつ》とした眼差《まなざ》しで秀吉たちを見ながら、そう呟《つぶや》いた。私は心臓のあたりがぐっと落ちるような、緊張感を覚えた。

（……この女、ヤバいかもしれない）

私の中のねね評が、『人畜無害のゆるふわ人妻』から、『悪意なき悪魔』に書き換わった瞬間だった。ねねの言動は、全て秀吉に益するように働いている。夫の弱みをあえて開示するのも、そっちの方が周囲から愛されるからだ。しかしそれはねねが、夫の出世のために働く打算的な女だからというより、ひとえに秀吉を愛しているからとしか思えなかった。

夫を愛しているから、夫がみんなからも愛されるように、無意識に最適の行動を取る。多分、濃姫のように、明確に秀吉と信長の関係性にこだわっているわけではないのだろうが、それでも夫を愛する彼女の行き着く先は『信長×秀吉』、秀吉が信長のナンバー2として最愛の存在になる事だ。

(出たな……無自覚系腐女子！)

世の中には腐女子という概念を知らなくても、嗜好《しこう》が腐女子の人間がいる。そもそも戦国時代に腐女子なんて概念はないのだけれど、濃姫のように自分の性癖や欲望に自覚的な人とねねはやはり違うだろう。欲望に対し自覚的に行動する人間も恐ろしいが、無自覚な人間も恐ろしい事を私はよく知っている。

高校時代、歳《とし》が近くて仲のいい男性教師二人がいた。腐女子たちはその先生たちが仲良く話しているだけで、心の中で盛り上がりつつ、しかし、現実で迷惑をかけるわけにはいかないとそっと遠くから見守った。が、ギャルたちは「先生たち付き合ってんの～？」と平気で声をかけた。それで照れる先生たちに「え～かわいい～」とか言うのだから最早《もはや》、無敵だ。要は私なら遠慮してブレーキをかけてしまう所を、彼女たちはアクセル全開でぶっ飛ばすことがある。

ねねも、秀吉が信長に愛されるためなら何のためらいもなくアクセルを踏み抜くだろう。私は戦慄した。秀吉が信長を追い出すのはリスクがありすぎて避けたが、秀吉が取り立てられ過ぎれば、光秀の謀反フラグに繋《つな》がりかねない。

私は思わず、光秀を目で探した。座敷の隅で勝家と何か難しい顔をして話し合っている様子。真面目な二人のことだから、早速、明日からの行軍について話しているのだろう。

すると信長は立ち上がり、酒瓶を片手に千鳥足で光秀たちに近づいた。そして戸惑う二人の杯に無理やり、中身を注ぐ。上司からの酌で飲まないわけにはいかないだろう。しかし、杯をあおった光秀と勝家はお互いに顔を見合わせて変な顔をした。それはそうだ。中身はただの水なのだから。すすめた張本人は、いつの間にか床に大の字に寝転がっていた。

「こりゃあ、明日の朝が思いやられる。ねね、信長様の床の用意を頼む」

「もう出来てますよ」

ねねがそう言うと、秀吉は信長に近づき、その左肩を持ち上げて体を起こそうとした。

「私もお手伝いしましょう」

光秀も右肩から信長を支えた。そんな三者をねねは幸せそうに眺めている。

私の脳内の戦国時代は、なまじ私の知識を取り入れたばかりに、女性たちにとんでもない属性を付与しているらしかった。しかし腐女子というだけならまだしも、どうしてこうも悉く私と違う嗜好なのか……つい遠い目をしてしまう私に気付いてか、ねねが私の方を向き、無邪気ににっこりと微笑みかける。

（ねね、恐ろしい女……）

そう思わずにはいられない。けれど、彼女は別に光秀に悪意を抱いているわけでも、彼を排除しようとしているわけでもない。秀吉と光秀がＷｉｎ－Ｗｉｎの関係である限りは、むしろ味方になる可能性もある。

さてどうしたものか。ぼんやりと思案を巡らせている私は、妙に柔らかい段差に足を取られた。

「お市様！」

転ぶことを覚悟した矢先、正面からがっしりと強い力で抱き留められた。勝家だ。

「ごめんなさい、ちょっとよそ見してたみたいで」

「お怪我《けが》がなくて何より……あ、いや、これは失敬」

勝家は私の体を支えていた手をさっと離した。そして足元の段差の正体を見下ろし、溜《ため》息《いき》まじりに言った。

「この馬鹿のせいです。まったく、こうならぬよう端によけたのに、どんな寝相だ」

私の足元には酔いつぶれ寝こけている利家がいた。勝家がその背中を軽く足で小突いたが、利家は寝返りを打っただけで目を覚まさない。

「本当に申し訳ございません。こいつはあとで自分から叱っておきますから……」

「気にしないで。それより、利家に怪我がなくてよかった。あなたもそうだけど、戦を控えているのだから、今のうちにしっかり養生しないと」

勝家は頷《うなず》くと、少し間を置き、やがて決心したように、自らの懐から何かを取り出して私に示した。

「それは？」

勝家の手の中には丹色《にいろ》の小袋があった。勝家の着物も鎧《よろい》も彩度の低い地味な色目だから、この華やかな赤はどこか彼らしくないように思えた。

「必勝を願う御守《おまもり》でして、その、厚かましいこととは重々承知なのですが……この御守にお市様のお力を分けていただきたく……」

恐縮しきった様子の勝家に苦笑しつつ、私は御守を握る勝家の右手ごと両手でぎゅっと包んだ。勝家の手はかなり大きく、私の両手で右手を包むだけでせいいっぱいだった。

「もとより、あなた達が負けるなど思ってもみないこと。むしろ大変なのは合戦の後。一度でも一揆《いっき》勢に取られた国を武士が治めるのは楽なことではありません。お兄様といえども苦戦するでしょう。その時はきっと勝家の力が頼りになると信じていますからね」

私は政治家の街頭演説よろしく勝家の手を握りながら、ねんごろにお願い申し上げた。実際、この合戦ののちに越前や北陸方面を任されるのは勝家だ。つまり、しばしの別れでもある。史実通りことを進めるために勝家に頑張ってほしい、という思いと、推しのひととの別れを惜しむ気持ちで私は勝家の手を握っていた。

「これでいいかしら？」

「は！　この御守に誓って、この柴田権六《しばたごんろく》、必ずや、越前を平らげてみせます」

私が手を離すと、勝家は御守を胸の前でぐっと握りしめ、再び懐に収めた。やはりこの男はとことん生真面目だ。そんな勝家にここで目をかけたのには打算もあった。もし秀吉の躍進が目立ちすぎた時、勝家をぶつければいいのでは、と。秀吉と勝家を殴り合わせている間に、信長のナンバー2として光秀の地位を確立する。もちろん、殴り合わせて共倒れになっては元も子もないのだが、いざという時に使える駒があるに越したことはない。

(ねねには悪いけど、あなたの思い通りにはいかないから)

心の中でつぶやきながら、私は、信長の寝所に布団をせっせと運んでいるねねの背中を見送った。

＊＊＊

翌朝、まだ空が暗いうちに、信長たちは敦賀城に向けて出発した。私とねねは鎧武者たちの背中が小さくなるまでずっと見送った。

私は信長が戻るまで小谷城に留まり、そこで前線の話を逐一聞くことになった。

織田軍は小谷出発から2日後には、敦賀城に到着。勝家、秀吉、光秀ら先陣は一揆勢の籠る杉津砦《すいづとりで》、河野丸砦《こうのまる》を次々に攻めた。一揆勢も当然、応戦したが、特に羽柴《はしば》・明智《あけち》軍の奮戦により砦は1日ともたず陥落、焼き払われた。周辺の砦に籠っていた者たちも、この事態に、大勢が城を捨てて逃れたが、光秀、秀吉はすでに彼らの逃亡先の府中《ふちゅう》に網を張り巡らせていた。袋小路《ふくろこうじ》に追い詰められた一揆勢は、悉《ことごと》く斬り伏せられた。かくて戦の趨勢《すうせい》は早々に示されたが、残党狩りは続き、5日ばかりの間に生け捕りになった者と殺された者は合わせて3万以上にのぼったという。

信長が出陣してから早1週間。館の中にいるのに私が飽きているのを察し、つなが小谷の山を登ることを提案した。山登りと言っても、大袈裟《おおげさ》なものではなく館の裏から小谷城へと続く山道を少し散歩するというだけの事だった。出かける前にねねに一声かけた所、

「ぜひぜひ！　この時季の小谷の山からの景色は大変美しいですから！　ああ、いえ、お市様は私なんかよりよくご存じですものねえ。お気をつけていってらっしゃいませ」と快く見送ってくれた。実際は記憶などないから、内心ではヒヤリとしたが、道はつなが先導してくれた。

「お市様、お足元は大丈夫ですか？　もうすぐですよ」

ロケであちこちを駆けてきたから足腰には自信があった。今のこのお市の体でも幸い体力の衰えというものは感じない。これしきの山登りで息が上がることはなかった。

「お市様、着きましたよ」

そこは山頂ではなく、山頂付近に設けられた物見台だった。真っ先に目に飛び込んでき

たのは一面に青く煌《きら》めく湖だった。それは不思議な光景だった。井《い》の頭《かしら》公園や上野《うえの》公園の池とは規模がまるで違う。海のような雄大さがあるのに、四方を陸に取り囲まれている内海の景色。それは生まれも育ちも東京の私にはあまり馴染《なじ》みのないものだった。

「巨大な鏡みたい……」

秋の澄んだ光を反射した水面は金属質にも見え、輝きを返すたびに鉄琴を叩《たた》くような甲高い音色が聞こえてきそうだった。

「昔も、そんなことを仰《おっしゃ》っていましたね」

「そんなこともあったかしら」

本当は知らないけれど、たしかに同じように思う人がいてもおかしくはないはずだ。

「もう2年も昔なのですか……」

つなが呟いた。その言葉の意味はわかる。小谷城が陥落した日だ。

「ここだけの話、私は、お市様は長政様と命運を共にされるおつもりじゃないかと思っておりました」

お市の日記では確かに、そんな素振りもあった。本当は一緒に添い遂げたかった。けれど、子供を託されお市は諦めた、と。

「子供たちもいるし、そう易々《やすやす》と死ねないでしょう」

私がお市の覚悟を軽々と口にするのは憚《はばか》られたが、黙っている気まずさには耐えられず私はそう答えた。

「ここから見ると平和そのものなのにね」

ほとんど凪《な》いだ湖面に魚とりの小舟が幾艘《そう》も浮かんでいる。周囲の木々や田畑は緑と黄金と、生命力に溢《あふ》れた色彩をしている。ほんの2年前、この地で凄惨な戦いがあったとは俄《にわ》かに信じられなかった。

「不思議なものですね。越前ではこの数日で何万という人が死に、その中には、一揆とは関係なくただ戦乱を避けて山奥に逃げただけの農民たちもいたそうです」

そう言ったつなの顔は逆光でほとんど見えなかった。どうせ夢ならそこまでリアルに寄せなくていいのに。私たちは山をおりて城館に戻った。

それから数日も置かず、一揆の首魁《しゅかい》たる越前守護・下間頼照《しもつまらいしょう》、朝倉《あさくら》旧臣・朝倉景健《かげたけ》らはそれぞれ誅殺《ちゅうさつ》、降伏後に処刑されたという報が入った。勢いそのままに、信長は加賀《かが》まで平定した。この時点で光秀は他の将に先んじて近江《おうみ》の坂本《さかもと》城に帰城したという。兼ねてから信長に打診されていた丹波《たんば》攻めの準備のためだろう。

一方、信長は未《いま》だ引き返すことはせず、越前に1か月近く残った。一揆勢に一度支配された国を自分の国に作り替えるには、信長自ら骨を折る必要があった。そして支配体制がある程度確立した時点で、信長は勝家を北《きた》ノ庄《しょう》城主に据え、やっと越前を離れた。岐阜へ帰陣する途上の信長と私が小谷城で再会したのは9月ももう終わろうとしていた頃だった。

11章　源平合戦

長篠《ながしの》での武田《たけだ》との合戦、そして越前《えちぜん》での一揆衆との対決、立て続けに快勝した信長《のぶなが》はいよいよ天下人としての地位を確立していた。

しかし、そんな世間的評価とは別に、岐阜城の中は相変わらずだった。あるいはこの女の園だけかもしれないが。私は侍女たちと城下から献上された柿をかじりながら談話に興じていた。

「信長様は越前を勝家《かついえ》様にお任せになったとか」

お局《つぼね》侍女のきのが言う。

「ええ！　利家《としいえ》様も先の戦いでは大活躍で、勝家様と一緒に越前に残ったそうですね。遠くに行ってしまわれたのは残念ですが、お二人御一緒なのはホッといたしました」

年の若いかめが食い気味に答えると、きのも頷いた。

「そうねえ。勝家様は武人としては優れているけれど、柔軟さでは秀吉《ひでよし》様や光秀《みつひで》様に少し劣るなんて話も聞くし、利家様ぐらい融通の利く人と一緒の方がいいのかも」

「そうそう、その秀吉様と光秀様、まあ越前では凄《すさ》まじいご活躍だったとか。お二人で協力して一揆の残党をもれなく一網打尽にしたんですって」

「この所の光秀様のご活躍は本当に目覚ましいですね」

珍しくつなも会話に参加した。

「ほんとにね。ついこの間、越前から帰ったばっかりなのに、もう丹波《たんば》に出陣するとか」

「丹波はこれと言った有力者がおらず、しかし、信長様の言う事を聞かない者だらけで、まあ混沌《こんとん》としていますから、さしもの光秀さまもご苦労なされるでしょうね」

きのもかめも、口々にそう言って頷いている。長島《ながしま》以前にこの面子《メンツ》で同じような会話をした時は、殆《ほとん》ど口の端にのぼる事がなかった光秀がずいぶんと出世したものだ。

「お市《いち》様、何かおかしいのですか？」

つなの問いかけに、私はニヤけきった口元に手を置きながら言った。

「いえね、お兄様にはこんなにも頼もしい家臣がいるのだと思うと、つい笑みも零《こぼ》れるわ」

＊＊＊

越前の戦いから間を置かず丹波平定に向かった光秀。その一方で、岐阜に戻ってからの信長は一時小休止の間を取った。いや、想定では信長もすぐに行動を取るつもりだったのだろう。その矛先は石山本願寺《いしやまほんがんじ》だった。元々、この年の4月の高屋《たかや》城合戦は本願寺との戦いに向けた前哨戦《ぜんしょうせん》のようなもので、順当に行けば勝利の余勢を借りてそのまま攻め込むはずだった。そこに、武田が長篠に侵入したと報《しら》せが入り、本願寺方面への進軍は取りやめになった。東の憂いがなくなった今こそ、信長は再び間近の脅威を取り除こうと考えたのだ。

それに対し本願寺は先制した。ただし攻撃ではなく講和という手段をもって。本願寺顕《けん》如《にょ》の代理の者が10月に渡来の名画を進上して信長に和平を誓った。

しかし本願寺の面従腹背は明らかだった。この間、本願寺は雑賀《さいか》の鉄砲衆を引き入れ、中国の毛利《もうり》に援助を乞い、着々と戦争の準備に励んでいた。彼らが信長に対し強気に出たのは、かつて信長に都を追放された義昭《よしあき》の号令があったからだ。

仮初の平和は半年と持たなかった。本願寺顕如は錦の御旗を得たとばかりに強気に出て、畿内に5万近くの門徒を集めた。きっかけさえあれば、いつ爆発してもおかしくないそんなきな臭い空気がそこら中に充満していた。

＊＊＊

天正4年、1576年の4月。私は久方ぶりに城で光秀を見かけた。信長への報告の帰りだろう。光秀は廊下の窓の外に視線を投げかけていた。

「お久しぶりです、光秀」

「これはお市様。ご機嫌麗しく」

「丹波から戻られたのですね」

光秀の活躍は岐阜でも度々聞いている。昨年の10月から、光秀は順当に丹波を平定していた。内藤《ないとう》氏、宇津《うつ》氏を降《くだ》し、丹波の東半分を平定し、多紀《たき》郡の波多野《はたの》氏を従わせ、残るは奥三郡を支配する赤井《あかい》氏だけだった。しかし、今年の1月、事態は急変した。それまで大人しく従っていた波多野氏が光秀に背き、光秀は敗戦。一時、根拠地・坂本《さかもと》城まで撤退を余儀なくされた。この状況に信長も丹波を一気に平定するのは難しいと考え、畿内や播磨《はりま》と合わせて長期的に攻略するよう方針を転換せざるをえなかった。2月の終わり、光秀は再び丹波に進軍したが、この時は兵を置くだけでじきに引き揚げた。そして今回の招集である。

「いよいよ石山本願寺を攻める、そのためにお兄様はあなたを呼び戻したのですね」

「ええ。荒木《あらき》、長岡《ながおか》、塙《ばん》に助力して本願寺を囲み攻めよと」

前年の高屋城攻めに先立ち、信長は荒木村重《むらしげ》と長岡藤孝《ふじたか》に、それぞれ摂津《せっつ》と山城《やましろ》の一職《いっしき》支配権を与え、塙直政《なおまさ》を南山城の守護に任じている。この三者が本願寺包囲網の先鋒《せんぽう》であり、そこに光秀を加えるというのが信長の考えだった。

「丹波とこちらを行き来させられて、あなたには苦労を掛けますが、それだけお兄様はあなたを頼りにしているのです。どうか兄の力になってください」

光秀の顔が翳《かげ》っているような気がして私は言った。いくら信頼されているとはいえ、この所、働かされすぎという気もしなくもない。現代で言うなら、神戸《こうべ》支社の支社長を任され、こちらだけでも手一杯な所に、繁忙期の本社に呼び戻され手伝いをさせられる、という感じだろうか。一度ならともかく、そんなことが何度も繰り返されるとなれば、私なら転職を考えてしまう。それでも現代なら突きつけるのは辞表で済むが、戦国時代なら最悪、突きつけるのは刃だ。それだけは回避しなければ。

しかし光秀は首を横に振って微笑した。

「苦労なんて滅相もございません。信長様のため、微力を尽くす所存です」

真摯な声音は、彼の声帯を担当する声優のせいか。たとえそうだとしても、その言葉が偽りとはとても思えなかった。だが、誠実だからこそ誤魔化しきれない微妙な間もあった。

「……何か気がかりでも？」

メンターで先輩が部下から話を聞くとき「何か悩み事や不安はある？」なんて訊《たず》ねるのは悪手だ。そう訊《き》かれたら、訊かれた側は何か答えようと、無理にでも問題を捻出してしまう。ただ、あからさまに問題を抱えている場合はまた別だ。

「どうにもお市様の前では隠し事などできないようですね」

「無理に話せとは言いませんが、ひとりで抱えて解決することは決して多くありません。打ち明けるだけでも楽になるかもしれませんよ」

光秀は「そうですね」と頷《うなず》き、小さく溜息《ためいき》をついた。

「長島、越前と一揆《いっき》衆を相手にする時は必ずと言っていいほど、民草が大勢犠牲になります。もちろん彼らの多くは一向《いっこう》宗の門徒であり、信長様にあだなす者たち。しかし、中にはとても我々の脅威になるとは思えない女性や子供、そして老人も含まれています。越前で万と彼らを斬った私が言うのも妙な話ですが、今度も同じやり口でいいのか……私はふとそんなことを思ってしまったのです」

光秀の告白に私はさして驚きはしなかった。ゲーム中でも光秀が信長に反旗を翻す理由のひとつとして、その苛烈なやり方への反発があった。

（ただ、この戦いにおいて信長はそれまでの皆殺し方針を改めて、『ただの門徒は許していいが、坊主は殺せ』とお触れを出していたはず……）

信長の中では、まだ今日の時点ではこの方針転換は行われていないということか。

（……だったら、光秀に提案させてしまえばいいのでは？）

ふと閃《ひらめ》いたのは、長篠合戦の鉄砲と同じようにこの方針転換を光秀から提案させることだった。私は言う。

「あなたの懸念はもっとも。ならばいっそその思いをお兄様にちゃんと話すべきではないですか？」

「ですが……」

光秀がためらっているのは、光秀が信長の性格を知悉《ちしつ》しているからだろう。

「ええ、お兄様は長島での経験から一向宗を心底嫌っています。感情論で諭しても逆に気分を害されるかもしれない。けれど、門徒との戦いにおいて、武士と決定的に違うのは、こちらが厳しく出れば出る程、向こうは団結し、死さえ厭《いと》わず突撃してくること。彼らにとって私たちは悪鬼であり、それを打ち倒すために死ぬことは法悦の極みですから。理屈の上でも今までのやり方は変えるべきだと、そう進言してみるのはどうかしら?」

ニュース番組を担当していると、霊感商法やカルトについて取材することもある。そこで学んだのは彼らが徹底して排他的で、厳しく取り締まれば取り締まるほど、それを試練と捉え、団結を強めるということだ。一向宗はカルトではないだろうが、神仏を奉りそのもとに団結する以上、似た特性は持つだろう。

「お市様……」

光秀がじっと私の顔を見つめる。乙女属性のない私だが、やはりイケメンに至近距離から見つめられると頬に血がのぼってくる。

「どうかしたの?」

「あ、いえ……もしお市様が男子として生を享《う》けていたなら、織田《おだ》はとっくに天下統一していたかもしれないなと」

思わず私は噴きだした。

「言われてみれば、たしかに私、子供の頃、手頃な木の枝を刀に見立てては振り回していたかも」

私は、いわゆるエクスカリバーを振り回すタイプの女児だった。おままごとより戦隊ヒーローごっこの方がずっと力を入れてなり切っていたとも思う。

「知勇兼備の武将ですね」

光秀も私につられたように笑った。その顔も声音からも翳《かげ》りがだいぶ払われているように見えた。

「お市様の仰《おっしゃ》る通り、信長様に進言してみます。お話を聞いてくださり、ありがとうございます。では、私はこれで」

光秀は踵《きびす》を返《かえ》して去っていった。颯爽《さっそう》としたその後ろ姿を見て、ホッとすると同時に、私は自分の胃の底に消化不良のつかえがある事も認めなくてはならなかった。ゲームであれ史実であれ、私はこの戦いの成り行きを知っている。結果から言えば、織田軍は勝つし、光秀も生き残る。でも、辛勝なのだ。

（いっそ、光秀に助言する？）

私は首を横に振る。それこそ勝利という既定の結果を壊すことになりかねない。それに敵の動きを具体的に教えでもしたら、私の立場が怪しまれるだけだ。

（なまじ知っているというのも困りものね）

私は誰もいない廊下の先の薄暗い闇をぼうっと見つめた。

＊＊＊

光秀と話して数日後、摂津方面で本願寺の門徒たちが狼藉《ろうぜき》を働いたと聞くや、これを口実に信長は本願寺への進撃を荒木村重、長岡藤孝、塙直政、そして明智《あけち》光秀の4将に命じた。彼らは3手に分かれて本願寺を囲んだ。荒木は野田《のだ》に砦《とりで》を築き、光秀と長岡は北東の守口《もりぐち》、森河内《もりかわち》に布陣。塙は本願寺南方わずか3キロメートルの天王寺《てんのうじ》砦まで進んだ。盤石のように見えるが、本願寺も楼《ろう》ノ岸《きし》から木津《きづ》に至る大阪《おおさか》湾一帯に多く砦を築き、海上経由で毛利・雑賀からの支援を絶えず受けることが出来た。補給が送られ続ける限り、戦いは長期戦になる。2週間近くの膠着《こうちゃく》状態ののち、その打開のため信長は自ら京都に出向くことに決めた。より摂津に近いかの地から命令を飛ばすためだ。そして上京に際し、信長は私と濃姫《のうひめ》に随行するよう申し付けた。

「一体、なぜお兄様は私たちを伴うのでしょうか？」

用件だけさっさと言いつけて信長は支度のため部屋を出て行った。本願寺征伐への同行。ゲームと違い、戦わずに途中まで一緒に出向くというのは、前回の越前と同じだが、今回はねねに呼ばれたわけでもない。この同行はどのような理由だろうか。私が首を傾《かし》げていると、濃姫はふふっと笑ってみせた。

「あの人が京に行くたび、私がお土産をせびるものだから、きっと嫌気がさして、今回はお前自身の目で好きなものを買えってことかしら。いいじゃない。戦場は摂津で京は安全なのだし、目いっぱい楽しんでやりましょう」

＊＊＊

信長は鴨川《かもがわ》の西岸、京都御所《きょうとごしょ》から北西の程近くにある妙覚寺《みょうかくじ》に宿を取った。濃姫と私とそれぞれの侍女数名も同院の庵《いおり》を一時仮の住まいとした。

「『大阪に籠城する男女は放免とし、早々に罷《まか》り出ずべき旨《い》、口々立札然《しか》るべく候』ですか。信長様にしては、ずいぶんとご寛容な采配でございますね」

つなはそう言いながら私の髪を櫛《くし》で梳《と》かした。

「ええ、でも『坊主はいかようにも赦免すべからず』ですって」

信長はこの戦いに先立ち、家臣たちに命じていた。ただの門徒たちは許すので、早々に本願寺から立ち去るよう、あらかじめ喧伝《けんでん》する事。ただし坊主は許すな。殺せ、と。光秀の訴えは聞き届けられていた。

「お市様、少しよろしいですか？」

部屋の外から、今回お供についてきてくれた、きのの声が聞こえた。つなが私の顔を覗《のぞ》き込む。私が頷くとつなが代わりに声を上げた。

「構いませんよ」

きのと後からかめも部屋に入って来た。

「今晩はこちらに琵琶《びわ》法師がお越しです。とても素晴らしい腕前の方とのことで、お市様もぜひお聴きになりませんか？」

「まあ、素晴らしい。ぜひ聴きましょう」

きのが言うと、私が返事をする前につなが食い気味に言った。別に断る理由もなかったので、私も「ええ」と頷いた。琵琶法師と言えば、私の知識では『耳なし芳一《ほういち》』どまりだ。琵琶を片手に物悲しく『平家《へいけ》物語』を人々に聴かせるというイメージしか浮かんでこない。

当たり前だがこの時代、テレビもネットもラジオもない。字の読み書きができる人も限られている。人々が同じコンテンツを楽しむというのは至極困難だ。そこに来て、こういう口承文芸は極めて貴重な娯楽なのだろう。文字を知らなくても言葉は分かるし、言葉の意味を知らなくても、臨場感のある語りがある程度情報を補ってくれる。つな以外の侍女たちの顔からも法師の語りを楽しみにしていることがよく伝わってくる。

「ただひとつ、困ったことがありまして……」

不意にかめが表情を曇らせた。

「法師様はこの後、ご予定があるとのことで、今日しか滞在できないとか……」

侍女たちの顔が一瞬で曇った。きのが額を押さえて言った。

「なんてこと……」

「生殺しでございます。それならいっそ、何も聴かないほうが……いや、やっぱり聴きたい」

つなも呻《うめ》く。私は戸惑うばかりだ。

「みな、どうしたの？」

「どうしたもこうしたもありません。『平家物語』は全200曲余り、『灌頂《かんじょう》』含め13の巻からなる超大作。本来なら六夜かけてやっと語り尽くせるものを、たった一晩。これでは出だしのいい所で終わりですよ。そんなのあんまりじゃありませんか」

つなの彼女らしからぬ語気の強さに呆気《あっけ》にとられつつも、私はなるほどと思わざるをえなかった。

（これはつまり、アニメの円盤鑑賞会みたいなものか……）

私も学生時代はよくやっていた。ホテルや友達の家に宿泊し、好きなアニメの円盤を一気見する。1クール12話のアニメなら一晩もかからないし、夜通しなら2クール24話までは見切れる。何年もかけ何クールも作られているアニメだと一晩ではとても完走できない。諦めて、特定のクール、ないしはお気に入りの話数をチョイスするなど、苦肉の策を取ることになる。先ほどつなが言った通り、『平家物語』は全200曲余り、つまり約200話で、1巻あたり約16話ある。一晩で2巻分が限界というのは極めて現実的だった。

「まあ、一の巻は確定よね」

きのの言葉にかめもつなも頷いた。たしかに、『平家物語』と言えば「祇園精舎《ぎおんしょうじゃ》の鐘の声、諸行無常の響きあり」、この始まりの一文は欠かせない。上映会でも幕開けはオープニングから始まるのが礼儀だ。それを飛ばすなんてとんでもない。

「問題は残るひとつをどの巻にするか、ですよね？　そのまま二の巻に進むのも手ですが……」

かめの言葉にきのが首を横に振った。

「せっかく、法師に語ってもらうならやっぱり戦いの場面を聴きたいわ。たとえば、四の巻とかどう？　『平家物語』で初めて合戦が描かれるじゃない」

『平家物語』での初バトルシーンこと「橋合戦」の章は、平家打倒に立ち上がった以仁王《もちひとおう》が三井寺《みいでら》に逃げ込み、同じく反平家の興福寺《こうふくじ》と合流しようと三井寺の僧兵たちと出発し、追いかけてきた平家の大軍勢と宇治川《うじがわ》で戦う場面だ。

と、話についていけるのも、『源氏物語《げんじ》』同様、『平家物語』も暇な時間を見つけて再履修しておいたからだ。私にとっては古文の授業で習う高尚な文学作品も、この時代の人々にしてみれば、国民的ドラマとか少年誌の漫画のような立ち位置であり、暇つぶしのタネにはよくあがる。であれば履修しない理由はない。私はあえて大作を読まない逆張り精神の持ち主ではなく、流行《はや》りの作品は読んで、人との話題に取り入れる派だ。

「ああ、いいですね。以仁王を守らんとする僧兵たちの格好いいこと。矢切《やぎり》の但馬《たじま》が、橋の上でただ一騎、次々放たれる平家の弓矢を大薙刀《おおなぎなた》で薙《な》ぐ場面は熱いですね」

かめが言えば、きのもうんうんと頷《うなず》いた。

「筒井《つつい》の浄妙明秀《じょうみょうめいしゅう》の描写もぐっとくるのよ。『かちの直垂《ひたたれ》に、黒皮威《おどし》の鎧《よろい》着て、五枚《ごまい》甲《かぶと》の緒をしめ、黒漆の太刀をはき』……このあたり、かき鳴らす琵琶の音とともに聴いたら、もうたまんないでしょ」

僧兵でありながら武器も鎧も全身黒ずくめの男が、白い柄の大薙刀をきらりと光らせて名乗りを上げる。たしかにRPGの暗黒騎士のようなロマンを感じる。『平家物語』の戦闘シーンは、鎧の描写や名乗りといい、どれもいちいち格好いい。思わず真似《まね》したくなる口上はバトル漫画の決め台詞《ぜりふ》を彷彿《ほうふつ》とさせる。

「でも合戦ならそのあとにも沢山ありますし、本当に『橋合戦』の四の巻でよろしいのでしょうか？」

つながそう言えば、かめときのは互いの顔を見て鏡合わせのようにしかめっ面をしてしまった。

「そうねえ。七の巻は戦上手の木曾義仲《きそよしなか》が活躍して、火打合戦《ひうち》の華麗な反撃、そして倶利《くり》伽羅落《からおとし》の大勝利と勇ましい話には事欠かないし……」

「それならやっぱり拾壱の巻じゃないですか？　那須与一《なすのよいち》に壇《だん》ノ浦《うら》合戦、先帝身投、どこをとっても盛り上がりどころしかないですし」

かめの言葉にきのも「それよ！」と目を輝かせた。たしかに、壇ノ浦合戦は源平《げんぺい》の戦いとしての『平家物語』のクライマックスとも呼べる場面だろう。

「お市様はどうです？　お聴きになりたい巻はございませんか？」

聞きに徹していた私を気遣ってか、つながそう言った。かめやきのほど熱く語れる自信などないから、適当に二人に同意してお茶を濁そうか、そんな考えもちらりと浮かんだ。けれど、そういえば私にも語れる場面があった。

「……九の巻かしら？」

その場にいた全員の視線が一斉に私を向いた。もしかして、私はガチ勢たちの虎の尾を踏むような事を口走ったのだろうか。緊張感が背筋を冷たく這《は》いあがってくる。きのが口を開いた。

「敦盛《あつもり》の最期！　私としていた事がこれを候補にも挙げなかったなんて、とんだ間抜けだったわ。しかし敦盛とは、やはり信長様の妹君……」

「美少年と猪武者《いのししむしゃ》、出会いがすなわち今生の別れ……はあぁ、これぞ諸行無常。美しくも儚《はかな》い素敵な曲ですよね。『人間五十年、下天の内をくらぶれば、夢幻の如《ごと》くなり』って」

「あら、それは平曲じゃなくて幸若舞《こうわかまい》よ」

そういえば、かの有名な敦盛の話も九の巻だったか。勝手に盛り上がっている、きのとかめを横目に見ながら思う。敦盛といえばたしかに信長が愛唱しているイメージがある。その妹である私と結びつけたくなるのもわかるし、自分の提案が好意的に受け取られたのも悪い気はしないが、私の意図は別だった。

「敦盛も好きなのだけど、私は木曾義仲の最期が良《い》いと思うのよね」

この世界に来る前から、しっかりと頭に入っていた数少ない『平家物語』の一場面。それは源氏勢の中でいち早く都から平家を追い払ったものの、都での狼藉ぶりから、身内であるはずの源氏から討ち取られる木曾義仲一党の顚末《てんまつ》。義仲は恋人の女武者・巴《ともえ》を逃がすと、乳母子《めのとご》で従者の今井兼平《いまいかねひら》と逃げるが追手に迫られ最早《もはや》ここまでと自害の覚悟を決める。主に本懐を遂げさせるため、兼平は敵を引き受け、義仲は藪《やぶ》に逃げ込むが、結局、義仲は追手に眉間を射貫《いぬ》かれて果てる。

たぶん、多くの高校生が授業でこの場面を習ったことだろう。そして多くの女子生徒が木曾主従に悶《もだ》えたはずだ。

（そう、古文の『木曾最期』と現代文の『こころ』は、教科書で読めるブロマンス文学の双璧。もちろん異論は認めるけど……）

私自身の経験に照らし合わせれば、古文は睡眠学習と割り切っていたオタク仲間の女子たちが真面目に授業を聴くほどに人気だった木曾主従だが、果たしてこの時代の女たちはどう捉えているのだろうか、すこし自信がない。命懸けの主従愛なんて、現代の女子高生には無縁のもの。だからこそ無責任にロマンやエロスを感じられるのかもしれなかった。

「お市様、私も同じに思います」

つなはにっこりと笑ってくれた。誰からも賛同されず、妙にしらけるといった最悪のパターンが回避され、私は胸をなでおろす。つなは言葉を続けた。

「この二人の何が素晴らしいかと言えば、傲岸不遜とも言える程の剛の者である義仲が、最期は兼平と二人でともに死ぬことを望むんですよ。義仲にとって兼平がどれだけ大切な存在だったか……そして兼平も、その心を知りながらも、いえ、知っているからこそ、義仲をひとりで行かせるんです。本当は、喜んで一緒に死にたかったでしょうに。すべては愛のためなのです」

「つな？」

息継ぎもせず語り始めたつなに私は戸惑った。つなは、かめやきのと比べれば、こういう話題からは一歩引いて穏やかに見守ることに徹するタイプだと思っていたのだが。

「そして最期、義仲は、兼平は大丈夫だろうかと後ろを振り向いたばかりに矢に射貫かれ、兼平も主の死を知るや自分だけ生きる事に何の意味があるかと、自害する。ああ、なんと凄絶な。これを悲劇という人もいますが、私が思うに二人は、最期の瞬間は幸せだったはずです。なんといっても、お互い、最愛の人を想《おも》いながら死ねたのですから。これに勝る幸福があるでしょうか……」

発言内容には同意する部分も多いが、ほぼノンストップで陶然と語るその姿に気圧《けお》されている自分がいる。そして私はつなに対し、認識を改めねばならなくなった。

（つな、メリバの女だったか……）

恋人同士が死ぬのは、傍《はた》から見ればバッドエンドだが、この世界で生きる事が叶《かな》わないなら、ともに死ぬ。当人たちの中ではハッピーエンド。こういうのを誰が言ったかメリーバッドエンド、通称メリバと呼び、嗜好《しこう》する人は少なくない。私の友人でもメリバに取り憑《つ》かれて二次創作するタイプの腐女子がいて、彼女はハマったキャラクター達をことごとく車やボートに乗せ、そのまま二人きりの心中旅に出させている。一度「何も殺さなくても……」と私が言ったところ「殺してるんじゃなくて、幸せにしてあげてるだけだけど？」と真顔で返されてしまった。彼女たちが積極的に死にネタや暴力系を好む闇の腐女子と違うのは、あくまで最善と信じ、最悪な状況を好んでしまうことだ。

「つなさん、お市様引いてますよ」

かめの一言でつなの意識は急にこちらに戻って来た。そして慌てて言う。

「も、申し訳ございません！　お市様と意見が一緒だと思うとつい嬉《うれ》しくなってしまい、要らぬことまでペラペラと。なんとお恥ずかしい……」

「いいのよ。普段、かめときのばっかり喋《しゃべ》っているんだから、今日はつなの番ってことで」

つなの顔はいつになく真っ赤だった。

「でも事実、九の巻はみんな好きよね。義仲と敦盛以外にも忠度《ただのり》、知章《ともあきら》の最期もあるし」

「戦いではありませんが、最後の小宰相《こざいしょう》の女房の身投げのお話も、美しくも哀れで涙をそそりますね」

たしかに九の巻は「〜最期」という題の話が多く、他にも「〜身投」だの「〜生捕」だの、いよいよ平家終焉《しゅうえん》の時が迫り、死と滅亡のバーゲンセールといった様相だ。そしてそういった巻に限って人気があるのだから、オタクは業が深い。

「九の巻が有力ですが、私たちだけで決めてしまう前に、濃姫様とおつきの方たちに訊《き》いてみましょうか」

つなが言えば、みな頷いた。

＊＊＊

きのが濃姫たちにもお伺いを立てたところ、案の定、九の巻を弾いてもらうことが決まった。それを聞いた途端、つなは私の手を取って「やりましたわね」と笑顔になった。いつも優しいけれど、どこか冷静で一歩引いたところのある彼女が、そうやって子供のように喜ぶのを見ると、私もつられて笑顔になってしまう。

ただこれほど喜んでいたにも関わらず、私たちが木曾の最期を聴くことは叶わなかった。

夕刻、麓の城館。座敷《ざしき》では侍女だけでなく濃姫も含め、多くの女性たちが琵琶《びわ》法師を囲んだ。琵琶法師といえば男だと思い込んでいたのだが、現れたのは尼装の老女。彼女は烏丸《からすま》御前と呼ばれていた。召し物の色がカラスのように黒いことがその名の由来で、京の烏丸小路《こうじ》とは無関係とのこと。御前は早速、琵琶をかき鳴らした。

「祇園精舎の鐘の声、諸行無常の響あり。沙羅双樹の花の色、盛者必衰の理《ことわり》をあらわす。おごれる人も久しからず、唯《ただ》春の夜の夢のごとし。たけき者も遂《つい》にはほろびぬ、偏《ひとえ》に風の前の塵《ちり》に同じ」

皮と骨ばかりで、火をつければ瞬く間に燃え尽きそうなその体の、一体どこから発せられるのだろう。老女の声は座敷によく響いた。そして再び、べんべんと琵琶を鳴らす。その時だ。

「父上をお助け下さい！」

琵琶の幽玄な音で満たされた空間を、甲高い絶叫が矢の如く真っすぐ引き裂いた。女たちの視線が一斉に声のした方、庵《いおり》の外に向かう。思わず立ち上がろうとした私をつなが 目で制する。

「ひとまず門番に任せましょう」

この時、琵琶法師による弾き語りは永遠に中断となった。

やがてしばらくして寺の番兵に連れられひとりの少女が私たちの前に現れた。短く切りそろえた髪に少年めいて凛《りん》とした顔立ち。格好も姫武者という言葉が相応《ふさわ》しく袴《はかま》着に胸当てをしている。その風貌に私は思わず「あ……」と声を漏らした。

「珠子《たまこ》でございます」

彼女はゲームのプレイヤーキャラクターのひとり、細川《ほそかわ》ガラシャ、すなわち明智光秀の娘の珠子だった。ただ彼女自身が名乗った通り、今16歳の彼女はまだ珠子であり、有名な洗礼名を得るのはあと10年近く先のことだ。彼女は私と隣にいる濃姫に深々とこうべを垂れた。

「至急、信長様にお目通りお願いしたく存じます。父上が……明智光秀が天王寺砦《とりで》にて敵襲に取り囲まれ孤立。最早一刻の猶予もないのです」

そう言って顔を上げた少女の頬は恐ろしく赤く、しかし唇は蒼白《そうはく》だった。私と濃姫は顔を見合わせすぐさま立ち上がった。

「これでも飲んで気を落ち着けて」

私はつなが入れてきた白湯《さゆ》を珠子《たまこ》に差し出した。受け取った珠子の手は氷のように冷たく、そして汗と泥で汚れていた。手だけではない。袴着も汗と泥で汚れている。珠子は申し訳なさそうな顔をした。

「お手を汚してしまい申し訳ございません。天王寺砦《てんのうじ》から遮二無二駆け抜けてきたものですから」

「いいの。それより拭くものと着替えを……」

「いえ、それより先に信長《のぶなが》様にどうかご報告させてください」

私は頷《うなず》いた。既に珠子を連れてきた兵に言いつけて、信長に彼女のことは伝えている。私は珠子が飲み干した湯呑《ゆのみ》をつなに渡し、珠子を信長のいる本堂に案内した。

＊＊＊

「三津寺《みつてら》砦を攻めた塙《ばん》と三好《みよし》の軍は1万の敵、しかし敵方の数千の銃の前にあえなく敗戦。この勝利の勢いに乗じ、本願寺《ほんがんじ》勢は我が父が守る天王寺城に襲い掛かりました。一方、天王寺砦は砦とは名ばかりの貧弱な守備で、堀も整っておりませんでした。それこそ襲い来る敵の攻撃をそこらの牛馬の死体や古畳で防いでしのぐ有様《ありさま》。情けない話ですが、敵の進軍がここまで迅速かつ苛烈だとは父も予想していなかったのです……」

珠子の報告を信長たちは黙って聞いていた。そして、そんな彼らの顔を、私は堂の入り口横の片隅に佇《たたず》みながら、眺めていた。妙覚寺《みょうかくじ》の本堂には信長と秀吉《ひでよし》のほか、佐久間信盛《さくまのぶもり》、丹羽長秀《にわながひで》、滝川一益《たきがわかずます》、稲葉一鉄《いなばいってつ》などお馴染《なじ》みのモブ武将たちと松永久秀《まつながひさひで》がいた。松永久秀——乱世の梟雄《きょうゆう》として有名なこの男は、元々、大和《やまと》一国の支配者として将軍義昭《よしあき》と信長が対立した時は義昭につき、そののち信長に降《くだ》った。そして今は佐久間信盛の与力としてその下で働いている。いかにも陰謀家といった蛇のような鋭い目の男で、この先の未来を知っている私としては、信長に「そいつ、来年には裏切るよ」と教えたくなるのだが、根拠を問われれば窮してしまう。何より、現状ではこの久秀も光秀《みつひで》を救出してくれる大切な戦力のひとりだ。私は反骨の相を前に口を閉ざした。

ゲーム中でも天王寺合戦で光秀はピンチになるし、そのことを信長に伝えるのは珠子だが、全ては天王寺の合戦場で行われるやりとりで、こうして彼女が京まで駆けてくるという描写はなかった。この世界では、ゲームのように大切なことが全て合戦場で行われるというわけではないようだ。

「直政《なおまさ》め、しくじったか……」

珠子の報告に信長が忌々しげに呟《つぶや》いた。天王寺にいた塙直政に三津寺を攻めるように命じたのは信長だった。本願寺との膠着《こうちゃく》状態の原因は、毛利《もうり》、雑賀《さいか》からの絶え間ない補給と支援のためであり、この援助に使われる海上通路を断つべく、信長は本願寺勢の占拠する湾岸地域の中間地点である三津寺攻撃を決めた。塙が三津寺を攻めるにあたって、塙が守備していた天王寺の城砦《じょうさい》には光秀が代わりに入城した。そして塙が破れた今、勢いづいた本願寺の1万以上の大軍が天王寺を取り囲んでいるという。

「昨日の晩には直政死亡と敵勢の天王寺への進軍の報が飛び込んできました。私は敵が襲来するより先に、父から天王寺砦の状況を伝えよと言いつかり、ひとり城を脱出して信長様の元に参じたのです」

珠子が泥と汗まみれで震えていたのは、摂津《せっつ》から畿内まで、1日近く、ろくに休みも取らずに馬で駆け抜けたからだろう。しかも父は今にも敵の手にかかって死ぬかもしれない。心身の困憊《こんぱい》。10代半ばの少女には酷な旅路だったことは想像に難くない。

「すぐに発《た》つ。救援の支度をせよ」

珠子の姿に心動かされたのか、それとも光秀を惜しむ気持ちからか信長は迷いなくそう言った。

「お待ちください」

異を唱えたのは宿老・佐久間信盛だった。

「救援と申されましても、我々の手勢は現在百人あまり。それこそ先陣の塙、荒木《あらき》、明智《あけち》、長岡《ながおか》らが敵を牽制《けんせい》している間に、兵を集結させ大軍勢を以《もっ》て本願寺を攻め落とす予定でした。今日明日で集められる兵は、せいぜい千人あるかないか。これでは返り討ちにあうだけでございます」

「では、天王寺は見捨てろというのか？　天王寺にはお前の嫡男、信栄《のぶひで》もいるというのに？」

信長は信盛を睨《にら》みつけたが、老将は退かなかった。

「息子だからこそ。息子を助けるために信長様の御身を危険にさらすなど、私にはできませぬ」

信盛は淡々と言った。だがその抑揚のない声にどれほどの感情が込められているか分からない者はこの場にはいなかった。あれほど父・光秀の救援を望んでいた珠子も俯《うつむ》いて黙ってしまった。父を助けるために信長様が危険にさらされることを、最悪、命を落とす、そんな本末転倒を父自身が望むはずがない。そう思えば、彼女は口を閉ざすしかなかった。他の武将たちも沈黙を保った。それは信盛の意見に賛同し、天王寺の光秀を見捨てることを良しとする雄弁な沈黙だった。

（私だけは、本来のこの戦いの結末を知っているけど……）

たしかに光秀は天王寺城で窮地に立たされるが、信長の救援によって敵の大軍を押し返し勝利を収める。だが、常識で考えれば、敵1万に対し、こちらは百ちょっと。「何とかなるからとりあえず出陣してみたら」なんて提案は無謀の一言で片づけられるだろう。そもそも、今の私はそれを言える立場でもない。長篠《ながしの》の合戦の時に信長に意見できたのは、こんな差し迫った状況ではなく、食事のついでの軽口だったからだ。

私は堂の片隅から縋《すが》るように信長を見つめたが、信長は信盛をじっと見つめたまま石のように動かない。信長も何が最善の手か、必死に答えを出そうとしているらしかった。私は視線の合わない信長を諦めて、堂の中の武将たちを見回した。私の視線はモブ顔の武将たちの上を滑る。どうしたって、この場で数少ない華のある顔、秀吉に目が行った。秀吉も信長を見つめていたが、私の視線に気づいたのか、こちらに顔を向けた。

秀吉の目が笑った気がする。悪意とも善意ともわからないが、何か含みのある光が宿ったように見えた。ただ目が合ったと思った瞬間にはもう彼は信長の方を振り向き、そして口を開いた。

「ひとまず若江《わかえ》城に向かってはどうです？　そこで天王寺城が持ちこたえる限界まで兵を集め、可能な限り最速にして最大の兵力で光秀の救援に向かうんですよ」

信長は視線を信盛から秀吉に移した。

「ほう。天王寺はいつまでもつか？」

「ほとんど修理されていなかったとはいえ、一応砦ですから、昨日今日では落ちませんでしょ。せめて3日か4日はもってもらわねば。もし、それまでに落ちたなら、その時はその時、諦めるということで」

秀吉はいつもの軽薄な笑みを口元に浮かべて言った。彼の提案は、天王寺砦により近い河内《かわち》の若江城に出陣し、兵をかき集めながら、ぎりぎりまで様子見をする。いけそうなら救援するし、無理なら光秀を見捨てる。結論の先延ばし、ともいえるかもしれないが、今すぐ切り捨てるよりは遥《はる》かに芽のある選択だった。

信長がゆっくりと立ち上がった。その目には不敵な光が宿っている。

「馬鹿正直な光秀は今頃、馬鹿正直に奮戦しているだろう。それを見殺しにしたとあれば、この信長、地獄の果てまで笑い者よ。この期に及んで俺を笑い者にしたい者はいるか？」

信長は一同を見回した。だれも異論を唱えない。信盛も静かに頷いていた。

「明け方には若江城に向けて出立する。みな急ぎ支度せよ。手勢百人おおいに結構。ひとりにつき坊主百人斬れば済む話よ」

信長の哄笑《こうしょう》が堂に響き渡る。笑いながら信長は堂の奥に去っていった。その颯爽《さっそう》とした背中に「ああ」と心の中で溜息《ためいき》が出てしまう。秀吉のナイスパスもあったとはいえ、やはり信長は光秀を見捨てなかった。史実であれゲームであれ信長が光秀を見捨てないことは知っていたが、その事実を改めてこの目で見ると、やはり胸に熱いものがこみ上げてくるのを感じずにはいられなかった。

「ああ、信長様、そこまで明智光秀という男を想《おも》ってくださるのですね」

（本当にそう。ん？　私の心が漏れてる？）

いや、その呟きは堂の中央でへなへなと脱力している少女の口から漏れていた。私は今にもくずおれそうな珠子に駆け寄り、その肩を抱いて支えた。

「あとはお兄様たちにお任せしましょう。きっと光秀を救い出してくれるわ」

珠子はずっと張り詰めていた緊張の糸が切れたのか、私の腕の中で気を失った。それに気付いた秀吉がこちらに駆け寄ってきた。

「ここまでろくに休憩も取らず、馬を飛ばして来たから、疲れてしまったのでしょう。庵《いおり》まで運ぶの、手伝ってもらえる？」

私がそう言えば秀吉は「もちろん」と、ぐったりしている珠子を負ぶってくれた。秀吉と並んで本堂を出る。珠子を連れて堂に入った時にはまだ西日が遠くに燃えていたが、今、日は燃え落ちて、墨色の空には残り火のようにやたら赤い三日月がぼんやり輝いていた。

「まさかあなたが光秀のために声を上げるなんてね」

「お市《いち》様にあんな目で見つめられたら、助け船を出さないわけにはいかないっすからねえ。おっと、睨まないでください。冗談っすよ。自分としても光秀は得難い男だと思ってるんでね。同じ主をいただく以上、あの男にこんな所で死なれちゃ困るんですよ」

「殊勝な心掛けだこと」

「あと、これで貸し借りナシってことで」

ほとんど人の顔も見えない暗闇のなか、秀吉の瞳が光って見えた。なるほど。長篠合戦の戦勝の宴《うたげ》で、彼が働いた無礼を私は見逃した。その時の恩に報いたというわけか。

「もっと高く貸したつもりだったのだけど」

「まあそこは命懸けで光秀を助けるという所まで込みで、清算させていただきましょうか」

庵につくとつなや濃姫《のうひめ》たちが勢揃《せいぞろ》いで出迎えてくれた。私は侍女たちに珠子の着替えや寝床の手配を頼んだ。

「では、自分はこれで」

珠子を下ろして帰ろうとする秀吉に私は言った。

「必ず光秀を助け出しなさい。そして、お兄様とともに必ず生きて戻ってきなさい」

秀吉はこちらを振り向くと「御意」と深く頭を下げ、踵《きびす》を返《かえ》した。やがて秀吉の背中は闇の向こうに消えていった。

13章　珠子修羅道

翌朝、まだ暁烏《あけがらす》も眠る薄明に信長《のぶなが》たちは妙覚寺《みょうかくじ》を出発した。たった百人余りの将兵たちの後ろ姿を侍女たちが不安そうに見つめる一方で、濃姫《のうひめ》は欠伸《あくび》をする口元を扇子で隠していた。

「信長様が敗れるわけないでしょう。心配するだけ無駄ね。ま、あなたも同じように思っているらしいけど」

「え？」

「口元、よだれの跡がついてるわ。疲れてた珠子《たまこ》はともかく、あなたは随分ぐっすり眠れたみたいね。けっこうじゃない」

慌てて口元を着物の袖で隠す私を横目に笑いながら、濃姫は寝床に戻っていった。実際ここから先に起こることを知っている私には余裕があった。信長は明日には若江《わかえ》城に着く。そこに2日逗留《とうりゅう》し、諸国に動員令を発布しなんとか3千の兵を集める。しかし敵は1万以上。兵力差3倍以上の敵を強襲するにあたり、信長は兵を3段に分ける。先鋒《せんぽう》に佐久間《さくま》信盛《のぶもり》、長岡藤孝《ながおかふじたか》、松永久秀《まつながひさひで》、次鋒《じほう》に滝川一益《たきがわかずます》、羽柴秀吉《はしばひでよし》、丹羽長秀《にわながひで》、そして最後は信長自ら馬廻《うままわり》を率いて天王寺《てんのうじ》に急行する。信長は敵勢を押し切り天王寺の守備隊と合流すると、そのまま北進し、天王寺に攻めかかってきた敵を逆に本願寺《ほんがんじ》に追い込み、積極的な攻勢によって大勢の敵兵を屠《ほふ》る。味方の損害は極少数に抑え、ほぼ自分たちの兵数と同じだけの敵を討ち取り、天王寺の戦いは信長の勝利で終わる。

しかし、これはあくまで天王寺という局地での戦闘の勝利であり、本願寺はいまだ健在。塙直政《ばんなおまさ》は死亡し、有能な武将そして大将自らの身もあたら危険に晒《さら》したという点で、信長が払った代償は小さな勝利を軽く凌駕《りょうが》する。戦略的には『敗北』とは言わないまでも『勝利』とは言い難《がた》い結果だ。

（本願寺の戦力を見誤った結果か。その後ろには毛利《もうり》もいるのに。長島《ながしま》、越前《えちぜん》と勝ち越したことで、お兄様は油断していたのね）

自分の心の声に、首を横に振る。何が『お兄様』だろう。私は所詮、藤芳壱子《ふじよしいちこ》。四六時中お市《いち》のロールプレイをしているからと言って、魂までお市なわけじゃない。おこがましいことこの上ない。

（まあ油断していようが何だろうが、信長も光秀《みつひで》も、なんなら秀吉も、みんな無事なんだし、いいじゃない）

そんな風に思いながら、私は百人の将兵たちが向かっていった方を眺める。西の空はまだ夜の昏《くら》さを多分に含んでいた。

「もし、お嬢さんがた」

振り返ると、昨晩、本来なら夜通しで弾き語りをしてくれるはずだった烏丸《からすま》御前がいた。お嬢さんがたという呼びかけに、私は近くに侍女か誰かいるのかと思ったのだが、あたりには私と御前の他誰もいなかった。目の不自由な老女は、杖《つえ》をつき瞼《まぶた》を閉じた瞳でこちらを見ている。たぶん、勘違いか何かだろう。

「昨晩からお騒がせしてしまい、申し訳ございません。御前の弾き語りが聴けず、みな非常に残念がっております」

「なあに、何事も巡り合わせよ。ここでお預けということは、また別の日、別の場所で語り聞かせる機会があるという事かもしれん。後日の楽しみというわけさ。そして一切の楽しみがなくなった時がわしの命運尽きる時じゃて」

かっかっかと老人はしゃがれた声で笑った。老人特有の自虐的なブラックユーモアは、いつの時代も返答に困るもので、私は「はあ」と相槌《あいづち》とも苦笑いとも言えない声を上げるしかなかった。

「お帰りになられるなら、誰かに送り届けさせましょう」

私がそう言うと御前は首を横に振った。

「いえ、大丈夫。遠出の際は従者をつけますが、都なら目を閉じていてもどこに何があるか手に取るようにわかるのです」

「そうでしたか」

「ところであなた」

老女が私の顔を正面から見る。閉じた瞼の裏でその瞳が私を向いていると思うほどに、視線が感じられた。

「狼《おおかみ》に気をつけなされ」

「……狼？」

現代と違い、この時代なら野犬や狼も珍しくはないだろう。しかし城にいる限り狼に襲われることがあるとは考えにくい。今回のように外出するにしても必ず護衛がつく。そもそもお市の方が獣に害されるなどゲーム中のイベントにはなかったはずだし、史実でもそんな話は聞いたことがない。

「何かのたとえですか？」

「わかりませぬ。ただわしの目には、あなたのすぐ後ろに灰色の狼が見えた。そいつは今は大人しく眠っているが……冬眠明けの狼は飢えているもの。いつ大口を開けて襲ってくるやら」

老人には悪いが、私はオーラだなんだのといったオカルトの類いはあまり信じるつもりがなかった。そもそも、この老人の言葉には間違いがあった。

「これは異なことを仰《おっしゃ》います。狼は熊《くま》と違って冬眠しないはずですよ」

母方の祖母の家が信州《しんしゅう》の山奥に在って、遊びに行くたび、祖母は野山の植物や生き物のことを教えてくれた。その1つが、犬の仲間は基本、冬眠しないということ。こたつでぬくぬくと暖を取る飼い犬のシロを撫《な》でながら「野性がみじんもない」と苦笑していた祖母の姿が思い出される。野性を忘れたシロはともかく、狼なら冬でも兎や鹿を狩るだろう。

「おお、これは一本取られた。そうさな。狼はいつでも飢えておる。機会さえあれば、きっとバクリと行くじゃろう。せいぜい用心する事じゃな」

そう言うと黒衣の老女は払暁の都に向かって歩き出した。だか不気味な気もする。そもそも烏丸御前なんて、ゲームにも私の知識にも存在しない。何なぜそんな異分子がこの世界に存在してしまっているのだろうか。引っかかると言えば引っかかるが、それを言ったらお市の体を借りているアラサー腐女子こそ、異分子中の異分子だろう。

（……ま、深く考えるだけ無駄か）

いつもの調子でこめかみを叩《たた》くと目の奥がずんと痛んだ。昨日は夜遅くまでバタバタしていたし、今日もこんな調子で早起きさせられた。そろそろ活動限界だ。私は庵に戻るなり寝床にダイブした。

＊＊＊

「信長様が負傷のため、お戻りになったとのこと！」

つながが慌てて報せ《しら》に来たのは信長が寺を出て5日後の昼過ぎだった。やっと血色が戻った珠子《たまこ》の顔からまた血の気が失《う》せた。私と濃姫は顔を見合わせ、互いの無表情を認めた。どちらの顔も何枚もの薄絹を重ね、その底にある憂いを隠しているようでもあった。みな本堂で信長を出迎えた。

信長は蘭丸《らんまる》に肩を支えられながら堂に入ってきた。そして「まったく無様なものだ」と苦笑いを浮かべながら床几《しょうぎ》に腰掛けた。

「少し突出しすぎてな、足元に鉛弾を喰《く》らってしまった。どうにも足の指というのは簞笥《たんす》にぶつけただけで悲鳴を上げやがる。かすり傷だが、これが思いのほか痛くて、おかげでとんだ大事になった」

隣にいた濃姫がふっと息を吐いた。

「足指を怪我《けが》なさるなんて、よっぽど急いで走っていたのかしら。せっかちな子供みたいね」

「手厳しいな。だが走った甲斐《かい》はあった」

信長は堂の入り口を目で指し示した。私たちの視線も入り口に向けられる。そこに佇《たたず》む人物を見るや、隣にいた珠子がバネ仕掛けの玩具のように飛び出した。

「父上！」

「珠子！」

珠子は光秀に飛びつくとわんわんと泣き始めた。光秀は信長の手前、恐縮しているようだったが、信長は小さく頷《うなず》き、親子の再会を良しとした。光秀は「心配をかけましたね」と自分に縋《すが》りつく娘の頭をぎこちなく撫でた。「はい……」と声を震わせる珠子の姿に、私もいよいよ鼻の奥がつんとしてしまう。ただその一方で、（これで子持ちなんだから罪な男だよな）と邪《よこしま》な目で光秀を見てしまう腐った自分がいる。我ながらひどいものだ。

やがて落ち着きを取り戻した珠子は信長の前にひざまずいて言った。

「父を助けてくださったこの御恩、珠子めは一生忘れません。そのために御身を負傷されたのも。本当に何とお礼を申し上げればいいのか……」

「なに、光秀の命に比べれば足の指の1本や2本は安いものだ」

「信長様……」

珠子は感じ入ったように俯《うつむ》き、しばらく顔を上げなかった。私も信長が何千挺《ちょう》もの鉄砲をものともせず光秀を助けに行ったという事実に、ただただ打ちのめされるばかり。二次創作を超える公式からの供給を前にしたオタクは、えてしてそういうものだった。

思えばゲーム内でも天王寺城の合戦で光秀救援イベントは存在するが、特別なイベントシーンではなく、合戦中の二言、三言のやり取りで済まされてしまっていた。それがこんな手厚い演出で、しかもその現場に居合わせられるとは、いよいよ私はこの世界の恩恵を感じずにはいられない。

信長は足の治療のために堂の奥の座敷《ざしき》へと去っていき、濃姫も信長についていった。

「私も他の負傷兵の手当てに戻ります。お市様、またしばらく珠子をよろしくお願いいたします」

光秀もそう言って退室した。信長は行きとほぼ同じだけの手勢で寺に戻ってきていた。そのほとんどは負傷兵で、彼らを休ませることと光秀の無事を珠子に知らせるためだけに、わざわざ畿内まで戻って来たらしかった。

天王寺の戦いは既に信長たちの逆転勝利で揺るがなかったが、信長は治療を済ませたら再び天王寺に戻るという。対本願寺の拠点として天王寺砦《とりで》周辺を整備するためだった。

「珠子さん、よかったわね」

私は片膝をついたままの珠子と目線を合わせるようにしゃがみ込んだ。

「はい。お市様、ありがとうございます」

「……大丈夫？　あなた、熱でもあるんじゃ？」

「え？」

私が珠子の熱を疑ったのは、その頰が少し赤く、瞳のあたりが潤んでいたからだ。父との再会の興奮の余韻かもしれないが、それにしても、いつもの凜《りん》とした雰囲気に似合わず、どこかぼんやりとしているようにも見えた。

「お市様、先ほどから私の胸は熱く苦しいのです。いえ、病気ではありません。信長様が父を命懸けで助けて下さったということが嬉《うれ》しくて、嬉しくて……特に信長様が父に向けるあの慈悲深い眼差《まなざ》しを思い出すにつけても、興奮で胸が張り裂けそうなのです！」

珠子が熱っぽい眼差しで私に訴えた。

（これは、沼に落ちたオタクの眼差し！）

推しカプを見つけた時、腐女子は恋に落ちたような顔をする。珠子の表情はまさにそれだった。もし珠子が現代でたまたま知り合った他人なら、『で、光秀と信長どっちが攻めで、受けだと思う？』と私は嬉々《きき》として訊いただろう。しかし、この時私は絶句した。

ここが戦国時代だからではない。彼女が光秀の娘だからだ。自分の父親で妄想するのは、さすがに上級者すぎる。いや、業が深すぎる。

「父は普段もの静かな方なのですが、信長様の事となると熱っぽくなるのです。あの方こそ、私が待ち望んだ方だと。そう申していた意味が今日、ようやくわかりました。父と信長様の間には神仏でも断ち切れぬほどに固い縁《えにし》が結ばれているのでしょう。ああ、これぞあるべき主従の形。なんて尊いの……」

一言一句、同意しかない。が、珠子の想《おも》いを肯定して良いものか、私には図りかねた。

「この想い、父にも申し上げるべきでしょうか」

「それはやめておいた方がいいんじゃないかしら」

私は反射的にそう言った。ナマモノジャンル……要はアイドルとか芸能人とか、実在の人物が萌《も》えの対象になった場合、それを当人に申告するのは、基本NGだ。別に過激な妄想でなくとも、言われた側は『あなたをオカズに抜いてます』と申告されるようなもので、決していい気はしないだろう。

「駄目なのですか？」

珠子は困ったような顔で私を見る。珠子としては、単純に父と信長を応援したい、その一心かもしれないが、やはり現代の藤芳壱子の倫理観では手放しでOKは出せない。

「……私もお兄様と光秀の信頼関係を尊いと思っている。でも、それはお二人が数多《あまた》の戦場で互いの命を預け合い、自然と育んだからこそ尊いのであって、私たちがそれを声高に賞賛し意識させれば、その信頼の質はおのずと変わってしまうかもしれないでしょう？」

私が唱えたのは『養殖より天然』理論だ。二人の関係は、二人が無意識に築いているからこそ尊いのであって、私たちが変に騒いで二人に意識させてしまうのは、いかがなものかと。珠子にも『ナマモノに突撃するのはNG』と言うよりは伝わりやすいのでは、という私なりの苦肉の策だった。

「なるほど！　言われてみれば、まさにその通りです！　私がとやかく言わずとも、父は信長様のために一所懸命に働くでしょうし、信長様もそれに報いてくださる。わざわざ口に出すのは無粋でしたね」

珠子が理解のある子でよかったと、心の底から思った瞬間だった。

「珠子は、本当にお父上殿が好きなのね」

ホッとするとともに私の口からはそんな言葉が漏れた。推しカプというのは、好きなキャラたちへの愛が溢《あふ》れた結果の幻覚だ。愛は彼らの言動に勝手に意味を付与し、描かれていない幻を見させる。幻を見る程には珠子は父を心から愛しているのだろう。

「はい！　父は勤勉で、文武に長《た》け、そして私と母を大切に思っております。私は父の娘であることを何より誇りに思っています」

父親によく似た涼やかな瞳に、瞬きするたびに零《こぼ》れそうな光を湛《たた》えて珠子はそう言い切った。勤勉で優秀で家族思いの父。私も丁度、珠子の歳《とし》ぐらいまでは自分の父をそう思っていたっけか。それも愛ゆえの幻だったのだろう。しかし、珠子が思う光秀像は幻ではなく、実像通りだ。それが壊されることなど……と思い、私はハッとする。

（壊れるじゃない、それも盛大に）

実直で誠実なはずの父は、主君に刃を向ける日の本一の謀反人となる。珠子が尊いと言った主従の縁は父自らの手で引き千切られる。その時、この初夏の湖面のように煌《きら》めく瞳は、いかに荒れすさみ、濁るのだろう。

「お市様？　難しい顔をしてどうされたのです？」

「ううん、何でもないわ。光秀とお兄様の絆《きずな》を、私たちは見守りましょうね」

見守ると口にしつつ、実際には見ているだけでは守れないことを私は知っている。別に珠子のためというわけではないけれど、私は私自身の幻を守るためにも、動かなくてはならない。私は珠子に向かって微笑《ほほえ》みかけた。

＊＊＊

信長は天王寺城に戻ると約ひと月かけて本願寺の四方に10か所以上の付城《つけじろ》を築き、天王寺には佐久間信盛を置き、本願寺方面軍の主将とした。陸にあって本願寺は孤立した。さらに住吉《すみよし》の砦に真鍋《まなべ》・沼間《ぬま》らの和泉《いずみ》水軍を置き、海上の備えも行った。が、楼《ろう》ノ岸《きし》・木津《きづ》間の大阪湾《おおさか》の海上通路はいまだ健在で毛利の支援までは完全に断ち切ることができなかった。

課題を残しながらも、信長たちは6月の頭には若江城に帰陣し、そして程なく京で私たちと合流した。そして岐阜へと戻る途上で、信長は近江《おうみ》国、琵琶湖《びわこ》の東岸に位置する安土《あづち》に立ち寄ると言った。この年の1月から、信長は六角《ろっかく》氏の居城・観音寺《かんのんじ》城の支城のあった安土山に築城を開始している。その視察と、私たちへのお披露目もあるのだろう。輿《こし》は安土の山のすぐ隣、観音寺山の中腹にある寺にとまった。桑実寺《くわのみでら》という、わびしくもそこそこ広い山寺が、この安土での仮の宿だ。

「お母さま！」

輿から降りるなり、聞き覚えのある幼い声が聞こえた。門の向こうから少女が走ってくる。しばらくしてその後ろから女性が追いかけてきた。

「初様《はつ》～！　お待ちくださいー！　輿から飛び降りるなんて駄目じゃないですか～！」

お市の、つまり私の娘・初と秀吉の妻ねねだった。さらに、その後ろには長女の茶々《ちゃちゃ》が、末娘の江《ごう》の手を引いて歩いてきている。

「初！」

駆け寄ってきた初を抱き留める。6歳になった少女の力は思いのほか強い。

「急に飛び出しては駄目じゃない。それに、そんなに強く抱き着いて、お母様が戸惑っているわ」

茶々がそうたしなめると初は唇をむうっと尖《とが》らせた。茶々に手を引かれている江は不思議そうな顔で姉たちの顔を見上げている。

「おお、ねね！　姫様たちを連れてきてくれたか！」

ねねたちの姿をみとめて秀吉が現れた。

「いきなり『茶々様たちを連れて安土まで来い』だなんて、びっくりするじゃないですか、もう～」

「悪い。けど、信長様たっての希望でさ。なんせあと数年後には、安土が日の本の中心になる。信長様は自分に連なる者すべてに彼の地を見せたかったのさ。それにはもちろん、ねね、お前も含まれてる」

秀吉の顔は誇らしげだ。彼は安土城の築城において縄張《なわばり》奉行の大役を仰せつかっている。

「つい先ほど、利家《としいえ》様と勝家《かついえ》様もおつきになりました。久々に織田《おだ》軍、勢揃《せいぞろ》いでございますねえ。宴《うたげ》の手はずも出来ておりますし、ふふ、今日は賑《にぎ》やかになりそうですわ」

ねねが笑顔で答える。この集いには、北陸に睨《にら》みをきかせるために越前《えちぜん》で踏ん張っている勝家たちにもねぎらいを兼ねて声がかけられていた。山寺は俄《にわ》かに活気づいた。

＊＊＊

その晩、寺の最も大きな座敷でささやかな宴が開かれた。私自身も酒や肴《さかな》を摘まみつつ、ねねや侍女と空の皿や瓶を片づけていた。

「利《とし》おじちゃん！　その袋なに！」

宴もたけなわを過ぎ、寝こける人も出てきた頃、初は昼寝したせいで、今になって目が冴《さ》えてしまったらしい。ひとり酌をしていた利家に物怖《ものお》じもせず話しかけていた。

「おう、これか！　こいつは大切な御守《おまもり》だ。こいつに願えば、戦いには勝つし、絶対死なねえ」

利家の手には紫の小袋が握られていた。戦の御守。色は違うがたしか勝家も似たようなものを持っていたはず。やはりこの時代の人は信心深いのだろう。

「すご～い！　ねえねえ！　なか、何が入ってるの？」

「こらこら、御守の中身は見せちゃダメなの」

私は利家の腕にしがみつく初を後ろから抱きしめて引きはがした。「え～」と初が口を尖らす。

「ごめんなさい。この子、人一倍好奇心が強いらしくて」

「いやいや、子供は元気が一番ですから！　それに見せて減るもんじゃないし、気になるならお見せしましょう」

利家は袋の紐《ひも》を解き、中身を手に取り出して見せた。私は啞然《あぜん》とした。

「かみのけ？」

初が首をひねる。利家の掌《てのひら》には紐で縛られた5センチばかりの髪の束があった。

「こいつは、まつ、俺のカミさんの毛ですよ。大切な人の髪の毛を懐に忍ばせておけば、必ずその人の元に帰れるってね」

利家は笑顔で言った。青天を思わせるからりとした様子は、一瞬、私の胸をよぎった不気味な印象とはかけ離れていた。

（たしかに、恋人の持ち物を幸運の御守にするのは、珍しいことじゃないけど……）

「なーんだ」

初にしてみれば、何かキラキラした石でも入っていてもらいたかったのだろう。途端に興味を失った様子だ。一方で、私の胸はざわめき続けていた。

5センチばかりの髪の束。失《な》くした髪留め紐。御守袋——点と点が繋《つな》がってある人物の輪郭が浮き上がってくる。

「あの、利家、そういえば勝家はどこに？」

「向こうの書院で寝てると思いますよ。ほら、長篠《ながしの》の宴でお市様に正体もなく情けない姿を見せたことを相当後悔してらしたんで。酔いが回ってきたとみるや、早々に引っ込んじまったんです」

私は利家にお礼を言うと、さっと広間を抜け出し、月明かりをたよりに暗い廊下を渡って、書院の座敷《ざしき》の前まで辿《たど》り着《つ》いた。障子戸の向こうから物音はしない。そっと拳ひとつぶんだけ戸を開けると、たしかに勝家が横になっているのが見えた。その目は閉じていて、耳をすませば規則正しい寝息が聞こえた。

（たしかめないと）

私はただその一念で、音を立てないように戸を開き、勝家のもとにそっと歩み寄った。部屋の明かりは後ろから差すほのかな月光だけだというのに、脳内物質が過剰に分泌されているのか、私の目にはあらゆるものが嫌にくっきりと浮かんで見えた。だから勝家の着物の胸元から覗《のぞ》く赤い御守袋もすぐに見つかった。手を伸ばし、さっと袋を抜き取る。

（どうか、思い過ごしであって……）

祈るような気持ちで私は袋の封を解き、その中身を手に出した。

組紐《くみひも》でまとめられた2寸ほどの髪の束。

でもそれだけでは利家の時に見たのと全く同じで、私を納得させきるものではなかった。

私は、後ろの開けた戸の方を向き、髪の束をなるべく月明かりに照らしてみせた。

（薄紅色の、組紐……）

青白い月光のもとでは薄紅は生気を失ったように蒼白《そうはく》に見えた。それでも見間違えようがなかった。私のお気に入りの、いつか、忽然《こつぜん》と消えた髪留め。震える手で御守袋を握りしめると、袋の中にまだ何か入っていることに気付いた。私は最早《もはや》考えることを放棄して、その袋の中身を取り出した。

白く細い布切れ。一体これは何だろう。月明かりに透かして、私は石のように固まった。白地に黒く掠《かす》れた染み。白日の下に晒《さら》せば、その色は限りなく黒に近い赤色だろう。

「……お市様」

耳元でささやかれた声に私は心臓を貫かれたような心地がした。

「どうか……その御守を、返してはもらえませぬか？」

いつものように訥々《とつとつ》とした喋《しゃべ》りが背後の闇から聞こえた。振り向く勇気はなかった。それでもなけなしの気力で声を振り絞った。

「……なんで？」

「俺は、あなただけを、お慕いしてきたんです、ずっと……」

好きだから、というのは実にシンプルな答えだが、その感情の行き着く先が、持ち物や髪の毛、あまつさえ血のついた包帯の窃盗とは。控えめに言って、粘着ストーカー以外の何者でもない。不器用だが、誠実な武人。そしてお市にとっては騎士のような存在がどうしてこんなことに。混乱の度が過ぎて、一周回って脳の思考スイッチが点《つ》く。

（そういや、勝家ってお市と結婚するまで独身貫いてたぐらいだし、ひょっとしたらお市ガチ勢だった可能性も……？）

出家していたわけでもない彼が長年妻《めと》を娶らなかったのは、根っからの武人で戦に明け暮れていたからとか、諸説言われているが、はっきりした理由は特に明らかになってはいなかったはず。ずっとお市ただ一人を慕っていたからお市以外の女性を娶る気がなかったというのは、あり得るのかもしれない。

（だからって、ゲームと違いすぎない⁉）

と思うのだが、同時にこうも思う。誠実で優しいキャラを腹黒化させたり、闇深系にするのは腐女子というか二次創作あるあるだな、と。むしろ、史実にしろゲームにしろ勝家がお市ガチ勢だった可能性はいくらでもありそうなものを、そこに思い至らなかったあたり、自分の柴田《しばた》勝家というキャラクターに対する解像度の低さを痛感せざるを得ない。

私が押し黙っている間も、背後で勝家は一歩も動こうとはしていなかった。秀吉のような強引さや性急さとは無縁だ。ただ岩のようにそこにあるという感じ。このまま私が黙って部屋を出て行っても、この男はずっとここに立ち続けるんじゃないか、そんな風にも思えた。どうせ勝家たちはすぐに越前へと戻る。ここでうやむやにしたところで、大きな問題にはならないだろう。

「……あなたは私に何を望むの？　まさか手籠めにでもするつもり？」

私は振り返って、勝家を真正面から見据えた。問題の先延ばしは私の性に合わなかった。

「手籠めなんて、滅相もありません……俺はただ、あなたをお慕いすることを許していただければ。直接触れられなくたって、いいんです。ただ遠くにあって、あなたを思う『よすが』だけは、どうしても、この手に……」

何となく分かっていたことだが、やはりこの男は私を無理にどうこうする気は皆無だ。触れられなくてもいいから、一方的に好きでいさせてほしい。一見、奇妙で不毛な感情だが、私はその欲求を良く知っている。アイドルや推しを思うような感情。つまるところ、私がゲームのキャラクターに注ぐ愛と一緒だ。そしてこの愛は見返りを求めない。

「あなたが私をどう思おうが別に構わない」

私は御守袋とその中身を勝家の手に渡した。

「ただ、私のものを勝手に失敬するのはやめて。私はともかく侍女が呪いだ何だと怯《おび》えるから」

「……弁解のしようもないことです。ここでお手打ちにされても文句はありません」

私は溜息《ためいき》をつきながら、懐から短刀を取り出した。そして、抜き身をもって、自分の髪を数本、根元から切ってみせた。

「お市様？」

「お兄様の忠臣にして、織田軍一の戦巧者を手打ちにするわけないでしょう。それをもってせいぜい越前でも励みなさい」

私は長い髪をくるくると指に巻きつけ糸束みたいにゆるく結んだ。そしてそれを勝家の手にのせた。

「は！　身命を賭《と》して、この勝家、役目を全うします」

勝家は平伏《ひれふ》して言った。この男のストーカーにもなりうる一本気が怖くないと言えば嘘《うそ》になるが、私に直接手を出す気がないというなら、別に咎《とが》める事でもない――それが私の出した結論だ。むしろ信長への忠誠や士気を高められたと思えば、髪の数本、安いぐらいだ。それにそもそも、これ以外の方法など私には見つからなかった。下手に大事にして、勝家が咎められれば、織田軍の北陸の要がなくなり、上杉《うえすぎ》に攻められること必定だ。そうなったら本能寺《ほんのうじ》どころではない。

（でも、秀吉にしろ、勝家にしろどうして私の方を向くんだか……）

オタサーの姫ならぬ織田サーの姫。サークルクラッシャーお市。そんな言葉が思い浮かんでしまう。

（いや、私じゃなくてお市に対して向いているのか）

彼らが好きなのは私じゃなくてあくまでお市。そう思えばこそ、勝家のことも大目に見られるのだろう。もし現代人の藤芳壱子が、異性からストーキングされたり髪の毛を盗まれたりしたら、当分立ち直れる気がしない。彼らの執着が私そのものではなく、あくまで私が着ているお市という皮にあるということが、今は救いだった。

「私はもう行きます。あなたはもう少し酔いを覚ましたほうがいいでしょう」

私は勝家を置いて廊下に出た。途端、夏とは思えない程、体が冷えていることに気付く。着物の下は汗でじっとりと濡《ぬ》れていた。

＊＊＊

翌朝、人々はいつもより太陽が高くなってから目を覚ました。宴が遅くまで続いたためだ。安土山への視察に向かう道中も、酒と肴でむくんだ瞼《まぶた》を揉《も》む者は少なくなかったが、いざ麓につき、縄張りに囲われた小高い山を見上げた時には、誰の目にも眠気は欠片《かけら》も残っていなかった。

「あれが穴太衆《あのう》。石垣を築かせたら右に出る者はいやしません」

せっせと石材を引っ張る大勢の職人たちを目で示し、秀吉が言った。道中、職人たちの小屋も見かけている。それだけでも、ちょっとした集落のテイを成していて、この城普請の規模がうかがえる。

「すっげー！　岐阜の城も十分デカかったが、こいつは完成したら、もっとデカいな」

「ああ」

利家が目を輝かせて言う。彼が犬なら尻尾をぶんぶん振っているに違いない。一方で、勝家は静かに返事をしただけ。いつも通りと言えばそうなのだが、昨日の今日で、この朴念仁が一体何を考えているのかが、私にはさっぱりわからなくなってしまった。

「城が出来れば、あの山の頂はさらに天に近づく。その時こそ、ここが天下の中心になる」

信長はまだ手付かずの山頂を見上げて言った。まさしく、あと3年も経《た》てば、ここには地下1階地上6階建ての壮麗な天守を持つ天下の巨城が完成し、この麓にも家臣たちの城館が建てられ、一大城下町となる。信長の目には既にその壮麗な街並みも城の威容も見えているのだろうか。

「わたしも！　わたしも見たい！」

初が騒ぎ出した。まだ私の腰程度の背丈しかない初には、目の前の苔《こけ》むした岩肌しか見えない。

「はは！　初は元気だな！　じゃあ、俺の肩に乗っかれ！」

信長がそう言ってしゃがめば初は遠慮なく信長にしがみつく。

「茶々、江、お前たちもついて来い」

信長はそう言ってまだ基礎が少し出来たばかりの石垣に娘たちを案内していった。その様子を見ていたつながが私に言う。

「小谷《おだに》にいた頃は、初様もまだよちよち歩きでしたのにね」

つなの言葉にしみじみ頷《うなず》いてしまう。茶々は今年で7歳。やや気が強いものの、しっかり者で他の妹たちの面倒もよく見てくれる。初は6歳。彼女は姉より活発でよく城の周りを駆け、時に木に登り、侍女たちをハラハラさせている。江は3歳。喋るのも歩くのもやや遅かったが、今では世話役のうめのもと、のびのび育っている。どの子も三者三様の性格や気質がはっきりしてくるほどに成長していた。

振り返れば小谷城陥落が1573年の9月。今は1576年。この世界に来て、すでに3年近く経過していることになる。体感ではこの世界に来た事などつい先日のことのようだが、子供たちの成長ぶりを見るにつけても、この月日の経過について思いを馳《は》せずにはいられない。

（夢を見て本当に3年経っているのか。それとも3年経ったという夢を見ているのか）

私はこの世界に来たばかりの時、これは昏睡《こんすい》状態の私の脳が見ている夢なのだと思った。走馬灯のように、自分が持っているあらゆる知識によって構築された脳内の戦国時代。しかし、夢にしては3年というのは長すぎではないだろうか。実は現実の私はもう死んでいるんじゃ……そんな考えがどうしても頭をよぎるが、私は心の中で首を横に振る。

(田舎のおばあちゃんも、最後の5年はほとんど寝たきりだったし)

現代の医療技術なら、ほぼ寝たきりの人間でも平気で10年は生かし続けられる。あくまで延命措置であり、その先、意識が戻る確率はゼロに等しいが……

「初様はともかく、茶々様はあと5、6年もしたら立派な姫君としてどこかに嫁がれるのでしょうか」

思考の迷路に入りかけていた私を、私の指ではなく、つなの声が引き戻した。つなは信長たちが消えた方を眺めている。

「6年……」

あと6年経てば1582年。あっと思わずにはいられない。本能寺の変が来る。当たり前の事なのに、今の今までどこか遠い未来のことのように思っていた自分に気付く。

「お市様、どうしたんです?」

秀吉が怪訝《けげん》そうな目で私を見た。

「お市様は茶々様に相応《ふさわ》しい殿方を真剣に考えておいでなのですよ」

ねねが、ふふっと笑いながら言った。それはあながち間違いではない。茶々の嫁ぎ先について思い巡らす時、それは本能寺の変のあとの私、お市の去就を抜きには考えられないからだ。

このままゲーム、そして史実通りに事が進めば、1582年に本能寺の変が起こり、信長は死に、11日後には謀反人・光秀は秀吉に敗れる。ただしお市はまだ健在だ。だが、信長の後継者を巡り、今度は秀吉と勝家が対立。お市は勝家と再婚し、ともに秀吉と敵対するが賤ケ岳《しずがたけ》の戦いで勝家は敗走し、お市も最期は彼とともに自害する。この時、三人の娘は助命され、長女・茶々は秀吉の側室となる。

(つまり、私の命数はあと6年ってこと？)

本能寺の変がまだ遠くに感じられていた時は、正直、お市の死もどこか遠くに感じられていた。が、瞬く間に成長していく娘たちを見ていると、それも決して遠くない未来だと考えを改めずにはいられなかった。ほとんど死にかけている身とは言え、死ぬのは嫌だ。いや、死にかけているからこそ、私は切実に死にたくないと思うのかもしれない。現実の肉体がほとんど死んでいるのに、夢でまで死んだら、その時こそ、私は本当に死んでしまう——何も根拠などないのに、何故《なぜ》かそんな風に思えてならなかった。

(死を回避するだけなら、勝家と結婚しなければいいはず。わざわざ秀吉につかずとも、出家でもして、まつりごとから距離を置けば済むもの)

多分これがお市生存ルートのベターな解法だ。

(でも、それこそ光秀に謀反をさせずに信長が天下統一を成し遂げたら、どうだろう?)

それはずばり日本史の教科書が書き換わる大事件だ。天下人・秀吉が誕生せず、結果、徳川《とくがわ》幕府すら開かれないかもしれない。でも、そんな壮大な事はさておき、少なくとも賤ケ岳の合戦は起こらない。そして何より、推したちも自分も生存する。歴史としての正しさは抜きに、間違いなく織田軍大団円のベストエンドだ。

「おい、市! お前の娘は猿か! 何とかしてくれ!」

そう叫びながら信長が戻って来た。初は信長に肩車されながらきゃっきゃと手足をばたつかせていた。

「初ってば! おじ様ももういい御歳《おとし》なのよ! 肩を痛められたらどうするの」

私が諌《いさ》める前に茶々が唇を尖《とが》らせた。茶々に手を引かれている江はうつらうつら首が揺れている。

「ひとりは天下人の頭に乗っかり、ひとりは年寄り扱いし、ひとりは我関せず寝ながら歩いている。いやはやお市様の娘はいずれも肝が据わっていらっしゃる」

「あまり茶化すものではありませんよ」

にやにやと笑っている秀吉の背中に涼やかな声が投げかけられた。光秀だ。その後ろには珠子もいる。

「さて、くたびれて寝てる者もいるからな、お市、お前たちは先に寺に戻っていろ。俺はまだ決めねばならぬことがある」

信長は家臣たちを手招いた。城の普請のことで決めねばならぬことがあるのだろう。なにせ、将来、ここがまつりごとの中心となるのだから。私たちは一足先に桑実寺に戻った。

＊＊＊

「信長様のこととなると父はどうにも周りが見えなくなる節がありまして。普段、沈着な父ですから、たまにそんな有様《ありさま》なのを見ると、まあ、それはそれで嬉《うれ》しくはあるのですが」

珠子がはにかみながらそう言った。

寺に戻ってからしばらく、子供たちはつなに預け、女四人、茶をしばきながら他愛もないことを言い合っていた。銘々、胸に推しカプへの愛を秘め、自カプが一番と牽制《けんせい》し合う。

（なんだか女子高生にでも戻ったみたい）

夕暮れの教室で、紙パックのレモンティー片手に、下校のベルが鳴るまで延々と自分の好きなもののことだけ話す――そんな日々が確かにあった。庵《いおり》に差し込む西日が、あの茜色《あかねいろ》の放課後をふと思い出させた。

濃姫が呟《つぶや》いた。言いたいことを言い合ったあとの沈黙。山中の庵は、誰かが口をつぐむと、みーんみーんと蟬時雨《せみしぐれ》だけがこだまして聞こえる。時間の流れがひどくゆったりに思える。乱世の狂騒とはまるで無縁だ。もちろん、この世界に来る前の現代社会の忙《せわ》しなさとも。上司に詰められ、ノイローゼ気味の日々から心臓発作。そして戦国時代に転生してお市として過ごす……思い返せば、息つく間もなくここまで転がってきたようなスピード感だ。この先はさらに加速度を増して転がるのだろうか。

（いっそ、このままここでずっとこうしてられたら……）

シリアスな原作に対して、殺伐とした殺し合いとは無縁のほのぼの時空ギャグ本を描き続ける二次創作者の気持ちがわかる。時計の針が進めば、また戦が始まり、誰かが死に、死ななくても破滅が近づく。できるなら、未来のことなど、あまり考えたくなかった。

「明日にはまたしばらく皆さまとお別れですね」

私のおセンチがうつったのか、珠子がポツリと言った。しばらくすれば皆、各々の帰路につく。珠子は父である光秀と坂本《さかもと》に、ねねは秀吉と小谷に、私と濃姫は信長とともに岐阜に。ここにはいないが、勝家と利家も越前に戻る。

「仕方ないわ。光秀にはしっかり丹波《たんば》を抑えてもらわなきゃいけないし、勝家たちには北に睨《にら》みをきかせてもらわないと」

やれやれという様子の濃姫に、ねねも相槌《あいづち》を打つ。

「北にはあの上杉がいますからねぇ。それに加えて、越前と加賀《かが》にはまだ一向《いっこう》宗も。もちろん、勝家様と利家様だけに苦労させるつもりはありませんよ。有事には長浜《ながはま》からすぐ出陣できるよう、うちの人の備えは万全ですから」

隙あらば秀吉の有能アピールを忘れないねねの姿勢にはつくづく感心する。

「でもいくら火の粉を消しても、火元が残っている限り油断ならないわ。信長様もそうお考えのはず。きっとまた近いうちに、石山《いしやま》攻めのために光秀にも秀吉にも召集がかかるわ。残念だけど、あなた達とも、どうせまた近いうちに顔を合わせるでしょ。そして戦いが終われば、また別の戦いが始まる……我が夫ながら、本当に敵が多いわね」

濃姫は溜息《ためいき》をつく。私も同じ気持ちだ。信長の敵は未《いま》だ四方にいる。それらの戦いの結末は知っているが、全てが快勝というわけではない。既に先が思いやられる。

「でも父上たちが力を合わせれば勝てぬ敵などおりません」

珠子が勢いよく言った。迷いのない言葉。憂いのない瞳。つられたように濃姫もねねも
「そうね」「仰《おっしゃ》る通りですわ」と微笑する。

たしかに、個々の合戦の結果はともかく、6年後には信長は天下にあと一歩の所まで手を伸ばす。だがその先は知っての通り。本能寺の変が起き、信長は死に、光秀も敗れ、勝家もお市も自害する。秀吉は天下人になるが、彼の死後、ねねは我が子のように可愛《かわい》がっ

ていた三成《みつなり》と清正《きよまさ》たちが殺し合うのを目の当たりにし、珠子は彼らの争いの余波で自害する。このまま進めば、ここにいる誰もがロクな未来にならないことを私は知っている。

（……やっぱり本能寺の変だけは回避しないと）

「お市様？」

押し黙っている私を珠子が不思議そうに見つめる。

濃姫やねねには申し訳ないが、むしろ二人も含めてここにいるみんなを救うため、私は他の腐女子たちの推しカプを押しのけてでも、『光秀×信長』を成立させなければいけない。きっとその先に全員生存エンドが待っているはずなのだから。

「ええ。覇道の前に敵なんているわけないでしょう」

そう。自カプこそ、この戦国の王道にして覇権カプ。他のカプに後れを取るわけなんてない。私は目の前の腐女子たちを見据えてきっぱりとそう言った。時計の針が止まらないなら、むしろ加速度をつけて、全力でバッドエンドフラグをへし折ってやる。

その時のお市様の微笑《ほほえ》みは、魔王の妹君に相応しく、美しくも恐ろしい気迫があった

――と、のちに珠子ことガラシャは回想したという。

【了】

お便りはこちらまで

〒一〇二―八一七七
富士見L文庫編集部　気付
八木　羊（様）宛
久賀フーナ（様）宛

富士見L文庫

本能寺《ほんのうじ》に萌《も》ゆ　戦国一《せんごくいち》の姫君《ひめぎみ》に転生《てんせい》した一般《いっぱん》モブ子《こ》は、推《お》し武将《ぶしょう》の寵愛《ちょうあい》を喜《よろこ》べない

八《や》木《ぎ》 羊《ひつじ》

2023年11月15日　初版発行

発行者　山下直久
発　行　株式会社 KADOKAWA
〒102-8177　東京都千代田区富士見2-13-3
電話　0570-002-301（ナビダイヤル）

印刷所　株式会社暁印刷
製本所　本間製本株式会社
装丁者　西村弘美

定価はカバーに表示してあります。

◇◇◇

ISBN 978-4-04-075165-8 C0193